Corbeil, imp. de CRÉTÉ.

MÉMOIRES

D'UN MÉDECIN

PAR ALEXANDRE DUMAS.

Première Partie.

JOSEPH BALSAMO.

1

PARIS,

FELLENS ET DUFOUR, ÉDITEURS,

30, rue St.-Thomas du Louvre,

Au Bureau de l'Écho des feuilletons.

1846

PREMIÈRE PARTIE.

JOSEPH BALSAMO.

INTRODUCTION.

I

Le Mont-Tonnerre.

Sur la rive gauche du Rhin, à quelques
lieues de la ville impériale de Worms,
vers l'endroit où prend sa source la petite
rivière de Selz, commencent les premiers
chaînons de plusieurs montagnes dont

les croupes hérissées paraissent s'enfuir
vers le Nord, comme un troupeau de
buffles effrayés qui disparaîtrait dans la
brume.

Ces montagnes qui, dès leur talus, do-
minent déjà un pays à peu près désert, et
qui semblent former un cortége à la plus
haute d'entre elles, portent chacune un
nom expressif qui désigne une forme ou
rappelle une tradition : l'une est la Chaise
du Roi, l'autre la Pierre des Eglantiers,
celle-ci le Roc des Faucons, celle-là la
Crête du Serpent.

La plus élevée de toutes, celle qui s'é-
lance le plus haut vers le ciel, ceignant

son front granitique d'une couronne de ruines, est le Mont-Tonnerre.

Quand le soir épaissit l'ombre des chênes, quand les derniers rayons du soleil viennent dorer en mourant les hauts pitons de cette famille de géants, on dirait alors que le silence descend peu à peu de ces sublimes degrés du ciel jusqu'à la plaine, et qu'un bras invisible et puissant développe de leurs flancs, pour l'étendre sur le monde fatigué par les bruits et les travaux de la journée, ce long voile bleuâtre au fond duquel scintillent les étoiles. Alors tout passe insensiblement de la veille au sommeil. Tout s'endort sur la terre et dans l'air.

Seule au milieu de ce silence, la petite rivière dont nous avons déjà parlé, le Selzbach, comme on l'appelle dans le pays, poursuit son cours mystérieux sous les sapins de la rive ; et quoique ni jour ni nuit ne l'arrêtent, car il faut qu'elle se jette dans le Rhin qui est son éternité, à elle, quoique rien ne l'arrête, disons-nous, le sable de son lit est si frais, ses roseaux sont si flexibles, ses roches si bien ouatées de mousses et de saxifrages, que pas un de ses flots ne bruit de Morsheim, où elle commence, jusqu'à Freiwenheim, où elle finit.

Un peu au-dessus de sa source, entre

Albisheim et Kircheim-Poland, une route sinueuse creusée entre deux parois abruptes et sillonnée de profondes ornières conduit à Danenfels. Au delà de Danenfels, la route devient un sentier, puis le sentier lui-même diminue, s'efface, se perd, et l'œil cherche en vain autre chose sur le sol que la pente immense du Mont-Tonnerre, dont le mystérieux sommet, visité si souvent par le feu du Seigneur qui lui a donné son nom, se dérobe derrière une ceinture d'arbres verts, comme derrière un mur impénétrable.

En effet, une fois arrivé sous ces arbres touffus comme les chênes de l'antique Do—

donc, le voyageur peut continuer son chemin sans être aperçu de la plaine, même
en plein jour, et son cheval fût-il plus ruis-
selant de grelots qu'une mule espagnole,
on n'entendra point le bruit de ses grelots ; fût-il caparaçonné de velours et
d'or comme un cheval d'empereur, pas
un rayon d'or ou de pourpre ne percera le
feuillage, tant l'épaisseur de la forêt étouffe
le bruit, tant l'obscurité de son ombre
éteint les couleurs.

Aujourd'hui encore que les montagnes
les plus élevées sont devenues de simples
observatoires, aujourd'hui encore que les
légendes les plus poétiquement terribles

n'éveillent qu'un sourire de doute sur les lèvres du voyageur, aujourd'hui encore cette solitude effraye et rend si vénérable cette partie de la contrée, que quelques maisons de chétive apparence, sentinelles perdues des villages voisins, ont seules apparu, à distance de cette ceinture magique, pour témoigner de la présence de l'homme dans ce pays.

Ceux qui habitent ces maisons égarées dans la solitude sont des meuniers, qui laissent gaiement la rivière broyer leur blé, dont ils vont porter la farine à Rockenhausen et à Alzey, ou des bergers qui, en menant paître leurs troupeaux dans la montagne, tressaillent parfois, eux et leurs chiens, au bruit de quelque sapin séculaire qui tombe de vieillesse dans les profondeurs inconnues de la forêt.

Car les souvenirs du pays sont lugubres, nous l'avons déjà dit, et le sentier qui se perd au delà de Danenfels, au milieu des bruyères de la montagne, n'a pas toujours, disent les plus braves, conduit d'honnêtes chrétiens au port de leur salut.

Peut-être même quelqu'un d'entre ses habitants d'aujourd'hui a-t-il entendu raconter autrefois à son père ou à son aïeul ce que nous allons essayer de raconter nous-même aujourd'hui.

Le 6 mai 1770, à l'heure où les eaux du grand fleuve se teignent d'un reflet blanc irisé de rose, c'est-à-dire au moment où, pour tout le Rhingau, le soleil descend derrière l'aiguille de la cathédrale de Strasbourg, qui le coupe en deux hémisphères de feu, un homme qui venait de Mayence, après avoir traversé Alzey et Kircheim-Poland, apparut au delà du village de Danenfels, suivit le sentier, tant que le sentier fut visible, puis, lorsque toute trace de chemin se fut effacée, descendant de son cheval et le prenant par la bride, il alla sans hésitation l'attacher au premier sapin de la redoutable forêt.

L'animal hennit avec inquiétude, et la
forêt sembla tressaillir à ce bruit inac-
coutumé.

— Bien ! bien ! murmura le voyageur ;
calme-toi, mon bon Djérid ; voici douze
lieues faites, et toi, du moins, tu es arrivé
au terme de ta course.

Et le voyageur essaya de percer avec le
regard la profondeur du feuillage ; mais
déjà les ombres étaient si opaques, qu'on
ne distinguait que des masses noires se dé-
coupant sur d'autres masses d'un noir
plus épais.

Cet examen infructueux achevé, le

voyageur se retourna vers l'animal, dont
le nom arabe indiquait à la fois l'origine et
la vélocité, et, prenant à deux mains le bas
de sa tête, il approcha de sa bouche ses
naseaux fumants :

— Adieu, mon brave cheval, dit–il, si je
ne te retrouve pas, adieu.

Et ces mots furent accompagnés d'un
regard rapide que le voyageur promena
autour de lui, comme s'il eût redouté ou
désiré d'être entendu.

Le cheval secoua sa crinière soyeuse,
frappa du pied la terre et hennit de ce
hennissement qu'il devait, dans le désert,
faire entendre à l'approche du lion.

.Le voyageur, cette fois, se contenta de secouer la tête de haut en bas avec un sourire, comme s'il eût voulu dire :

— Tu ne te trompes pas, Djérid, le danger est bien ici.

Mais alors, décidé sans doute d'avance à ne pas combattre ce danger, l'aventureux inconnu tira de ses arçons deux beaux pistolets aux canons ciselés et à la crosse de vermeil, puis avec le tire-bourre de leur baguette il les déchargea l'un après l'autre, en extirpant la bourre et la balle, puis enfin il sema la poudre sur le gazon.

Cette opération terminée, il remit les pistolets dans les fontes.

Ce n'est pas tout.

Le voyageur portait à sa ceinture une épée à poignée d'acier; il déboucla le ceinturon, le roula autour de l'épée, passa le tout sous la selle, l'assujettit avec l'étrier, de façon à ce que la pointe de l'épée correspondît à l'aine du cheval et la poignée à l'épaule.

Enfin, ces formalités étranges accomplies, le voyageur secoua ses bottes poudreuses, ôta ses gants, fouilla dans ses poches, et y ayant trouvé une paire de petits ciseaux et un canif à manche d'écaille, il les jeta l'un après l'autre par-dessus son épaule, sans même regarder où ils allaient tomber.

Cela fait, après avoir passé une dernière fois la main sur la croupe de Djérid, après avoir respiré, comme pour donner à sa poitrine tout le degré de dilatation qu'elle pouvait acquérir, le voyageur chercha inutilement un sentier quelconque et n'en voyant point, il entra au hasard dans la forêt.

C'est le moment, nous le croyons, de donner à nos lecteurs une idée exacte du voyageur que nous venons de faire apparaître à leurs yeux, et qui est destiné à

jouer un rôle important dans le cours de
notre histoire.

Celui qui après être descendu de cheval
venait de s'aventurer si hardiment dans la
forêt, paraissait être un homme de trente
à trente-deux ans, d'une taille au-dessus
de la moyenne, mais si admirablement
pris, qu'on sentait circuler tout à la fois la
force et l'adresse dans ses membres sou-
ples et nerveux. Il était vêtu d'une espèce
de redingote de voyage de velours noir
à boutonnières d'or ; les deux bouts d'une
veste brodée apparaissaient au-dessous des
derniers boutons de cette redingote, et
une culotte de peau collante dessinait

des jambes qui eussent pu servir de modèle à un statuaire, et dont l'on devinait la
forme élégante à travers des bottes de cuir
verni.

Quant à son visage, qui avait toute la
mobilité des types méridionaux, c'était un
singulier mélange de force et de finesse :
son regard, qui pouvait exprimer tous les
sentiments, semblait, lorsqu'il s'arrêtait
sur quelqu'un, plonger dans celui sur lequel il s'arrêtait deux rayons de lumière
destinés à éclairer jusqu'à son âme. Ses
joues brunes avaient été, cela se voyait
tout d'abord, hâlées par les rayons d'un
soleil plus brûlant que le nôtre. Enfin,

une bouche grande, mais belle de forme, s'ouvrait pour laisser voir un double rang de dents magnifiques, que la chaleur du teint faisait paraître plus blanches encore.

Le pied était long, mais fin ; la main était petite, mais nerveuse.

A peine celui dont nous venons de tra-cer le portrait eut-il fait dix pas au milieu des noirs sapins, qu'il entendit de rapides piétinements vers l'endroit où il avait laissé son cheval. Son premier mouvement, mouvement sur l'intention duquel il n'y avait point à se tromper, fut de retourner sur ses pas ; mais il se retint ; cependant, ne pouvant résister au désir de savoir ce qu'était devenu Djérid, il se haussa sur la pointe des pieds, dardant son regard par une éclaircie ; entraîné par une main invisible qui avait dénoué sa bride, Djérid avait déjà disparu.

Le front de l'inconnu se plissa légèrement, et quelque chose comme un sourire crispa ses joues pleines et ses lèvres ciselées à fines arrêtes.

Puis il continua son chemin vers le centre de la forêt.

Pendant quelques pas encore, le crépuscule extérieur pénétrant à travers les arbres guida sa marche ; mais bientôt ce faible reflet venant à lui manquer, il se trouva dans une nuit tellement épaisse que, cessant de voir où il mettait le pied et craignant sans doute de s'égarer, il s'arrêta.

— Je suis bien venu jusqu'à Danenfels, dit-il tout haut, car de Mayence à Danenfels il y a une route ; j'ai bien été de Danenfels à la Bruyère–Noire, parce que de Danenfels à la Bruyère–Noire il y a un sentier ; je suis bien venu de la Bruyère-Noire ici, quoiqu'il n'y eût ni route ni sentier, car j'apercevais la forêt ; mais ici, je suis forcé de m'arrêter : je n'y vois plus.

A peine ces mots étaient-ils prononcés

dans un dialecte moitié français, moitié si-
cilien, qu'une lumière jaillit subitement
à cinquante pas à peu près du voyageur.

— Merci, dit-il; maintenant, que cette
lumière marche, je la suivrai.

Aussitôt, la lumière marcha sans os-
cillation, sans secousse, avançant d'un
mouvement égal, comme glissent sur nos
théâtres ces flammes fantastiques dont la
marche est réglée par le machiniste et le
metteur en scène.

Le voyageur fit encore cent pas à peu
près, puis il crut entendre comme un souffle à son oreille.

Il tressaillit.

— Ne te retourne pas, dit une voix à droite, ou tu es mort.

— Bien, répondit sans sourciller l'impassible voyageur.

— Ne parle pas, dit une voix à gauche, ou tu es mort !

Le voyageur s'inclina sans parler.

— Mais si tu as peur, articula une troisième voix qui, pareille à celle du père d'Hamlet, semblait sortir des entrailles de la terre, si tu as peur, reprends le chemin de la plaine, cela signifiera que tu re-

nonces, et on te laissera retourner d'où tu
viens.

Le voyageur se contenta de faire un
geste de la main, et continua sa route.

La nuit était si sombre et la forêt si
épaisse, que, malgré la lueur qui le guidait, le voyageur n'avançait qu'en trébuchant. Durant une heure à peu près, la
flamme marcha, et le voyageur la suivit
sans faire entendre un murmure, sans
donner un signe de crainte.

Tout à coup elle disparut.

Le voyageur était hors de la forêt. Il

leva les yeux ; à travers le sombre azur du ciel scintillaient quelques étoiles.

Il continua de marcher en avant dans la direction où avait disparu la lumière, mais bientôt il vit surgir devant lui une ruine, spectre d'un vieux château.

En même temps son pied heurta des décombres.

Aussitôt un objet glacé se colla sur ses tempes et mura ses yeux. Dès lors il ne vit plus même les ténèbres.

Un bandeau de linge mouillé emprisonnait sa tête. C'était chose convenue

sans doute, c'était au moins chose à laquelle il s'attendait, car il ne fit aucun
effort pour enlever ce bandeau. Seulement
il étendit silencieusement la main comme
fait un aveugle qui réclame un guide.

Ce geste fut compris, car à l'instant
même une main froide, aride, osseuse, se
cramponna aux doigts du voyageur.

Il reconnut que c'était la main déchar-
née d'un squelette; mais si cette main eût
été douée du sentiment, elle eût, de son
côté, reconnu que la sienne ne tremblait
pas.

Alors le voyageur se sentit rapidement
entraîné pendant l'espace de cent toises.

Soudain la main quitta la sienne, le bandeau s'envola de son front, et l'inconnu s'arrêta : il était arrivé au sommet du Mont-Tonnerre.

II

Celui qui est.

Au milieu d'une clairière formée par des bouleaux chauves de vieillesse, s'élevait le rez–de-chaussée d'un de ces châteaux en ruines, que les seigneurs féodaux semèrent jadis dans l'Europe au retour des croisades.

Les porches sculptés de fins ornements, et dont chaque cavité, au lieu de la statue, mutilée et précipitée au pied de la muraille, recelait une touffe de bruyères ou de fleurs sauvages, découpaient sur un ciel blafard, leurs ogives dentelées par les éboulements.

Le voyageur, en ouvrant les yeux, se trouva devant les marches humides et moussues du portique principal : sur la première de ses marches se tenait debout le fantôme à la main osseuse qui l'avait amené jusque-là.

Un long suaire l'enveloppait de la tête aux pieds ; sous les plis du linceul, ses or-

bites sans regard étincelaient, sa main dé-
charnée était étendue vers l'intérieur des
ruines, et semblait indiquer au voyageur,
comme terme de sa route, une salle dont
l'élévation au-dessus du sol cachait les
parties inférieures, mais aux voûtes effon-
drées de laquelle on voyait trembler une
lumière sourde et mystérieuse.

Le voyageur inclina sa tête en signe de
consentement. Le fantôme monta lente-
ment un à un et sans bruit les degrés, et
s'enfonça dans les ruines ; l'inconnu le
suivit du même pas tranquille et solennel
sur lequel il avait toujours réglé sa marche, franchit un à un à son tour les

degrés qu'avait franchis le fantôme, et entra.

Derrière lui se referma, aussi bruyamment qu'un mur vibrant d'airain, la porte du porche principal.

A l'entrée d'une salle circulaire vide, tendue de noir et éclairée par trois lampes aux reflets verdâtres, le fantôme s'était arrêté.

A dix pas de lui le voyageur s'arrêta à son tour.

— Ouvre les yeux, dit le fantôme.

— J'y vois, répondit l'inconnu.

Tirant alors avec un geste rapide et fier une épée à deux tranchants de son linceul, le fantôme frappa sur une colonne de bronze qui répondit au coup par un mugissement métallique.

Aussitôt et tout autour de la salle des dalles se soulevèrent et des fantômes sans nombre, pareils au premier, apparurent armés chacun d'une épée à double tranchant, et prirent place sur des gradins de même forme que la salle où se reflétait particulièrement la lueur verdâtre des trois lampes et où ils semblaient, confondus avec la pierre par leur froideur et leur immobilité, des statues sur leurs piédestaux.

Chacune de ces statues humaines se détachait étrangement sur la draperie noire qui, comme nous l'avons dit, couvrait les murs.

Sept siéges étaient placés en avant du premier degré, sur ces siéges étaient assis six fantômes qui paraissaient des chefs ; un de ces siéges était vide.

Celui qui était assis sur le siége du milieu se leva.

— Combien sommes-nous ici, mes frères ? demanda-t-il en se tournant du côté de l'assemblée.

— Trois cents, répondirent les fantô-

mes d'une seule et même voix, qui tonna
dans la salle, puis presque aussitôt alla se
briser sur la tenture funéraire des murailles.

— Trois cents, reprit le président, dont
chacun représente dix mille associés ; trois
cents épées qui valent trois millions de
poignards.

Puis se retournant vers le voyageur :

— Que désires-tu ? lui demanda-t-il.

— Voir la lumière, répondit celui-ci.

— Les sentiers qui mènent à la montagne de feu sont âpres et durs ; ne crains-
tu pas de t'y engager ?

— Je ne crains rien.

— Une fois que tu auras fait encore un pas en avant, il ne te sera plus permis de retourner en arrière. Songes-y.

— Je ne m'arrêterai qu'en touchant le but.

— Es-tu prêt à jurer?

— Dictez-moi le serment et je le répéterai.

Le président leva la main, et d'une voix lente et solennelle prononça les paroles suivantes :

« Au nom du Fils crucifié, jurez de bri-

ser les liens charnels qui vous attachent
encore à père, mère, frères, sœurs,
femme, parents, amis, maîtresses, rois,
bienfaiteurs, et à tout être quelconque à
qui vous auriez promis foi, obéissance
gratitude ou service. »

Le voyageur, d'une voix ferme, répéta
les paroles qui venaient de lui être dictées
par le président qui, passant au deuxième
paragraphe du serment, reprit avec la
même lenteur et la même solennité :

— « De ce moment vous êtes affranchi
du prétendu serment fait à la patrie et
aux lois : jurez donc de révéler au nouveau
chef que vous reconnaissez ce que vous avez

vu ou fait, lu ou entendu, appris ou deviné,

et même de rechercher et d'épier ce qui

ne s'offrirait pas à vos yeux.

Le président se tut, et l'inconnu répéta

les paroles qu'il venait d'entendre.

« Honorez et respectez *l'aqua toffana*,

reprit le président sans changer de ton,

comme un moyen prompt, sûr et néces-

saire de purger le globe par la mort ou

l'hébétation de ceux qui cherchent à avi-

lir la vérité ou à l'arracher de nos mains. »

Un écho n'eût pas plus fidèlement re-

produit ces paroles que ne le fit l'inconnu;

le président reprit :

« Fuyez l'Espagne, fuyez Naples, fuyez toute terre maudite, fuyez la tentation de rien révéler de ce que vous allez voir et entendre, car le tonnerre n'est pas plus prompt à frapper que ne le sera à vous atteindre, en quelque lieu que vous soyez le couteau invisible et inévitable. »

« Vivez au nom du Père, du Fils et du Saint-Esprit. »

Il fut impossible, malgré la menace que contenaient ces dernières lignes, de surprendre aucune émotion sur le visage de l'inconnu, qui prononça la fin du serment et l'invocation qui le suivit avec un accent aussi calme qu'il en avait prononcé le commencement.

— Et maintenant, continua le président, ceignez le front du récipiendaire avec la bandelette sacrée.

Deux fantômes s'approchèrent de l'inconnu, qui inclina la tête : l'un d'eux lui appliqua sur le front un ruban aurore chargé de caractères argentés, entremêlés de la figure de Notre-Dame-de-Lorette, l'autre en noua derrière lui les deux bouts à la naissance du col.

Puis ils s'écartèrent, en laissant de nouveau l'inconnu seul.

— Que demandes-tu? lui dit le président.

— Trois choses, répondit le récipiendaire.

— Lesquelles ?

— La main de fer, le glaive de feu, les
balances de diamant.

— Pourquoi désires-tu la main de fer?

— Pour étouffer la tyrannie.

— Pourquoi désires-tu le glaive de feu ?

— Pour chasser l'impur de la terre.

— Pourquoi désires-tu les balances de
diamant?

— Pour peser les destins de l'humanité.

— Es-tu préparé pour les épreuves?

— Le fort est préparé à tout.

— Les épreuves! les épreuves! s'écriè-
rent plusieurs voix.

— Retourne-toi, dit le président.

L'inconnu obéit et se trouva en face
d'un homme pâle comme la mort, gar-
rotté et bâillonné.

— Que vois-tu? demanda le président.

— Un criminel ou une victime.

— C'est un traître qui, après avoir fait le serment que tu as fait, a révélé le secret de l'ordre.

— C'est un criminel alors.

— Oui : quel châtiment a-t-il encouru ?

— La mort.

Les trois cents fantômes répétèrent : — La mort !

Au même instant le condamné, malgré des efforts surhumains, fut entraîné dans les profondeurs de la salle; le voyageur le vit se débattre et se tordre aux mains de ses bourreaux; il entendit sa voix sifflant à travers l'obstacle du bâillon. Un poignard étincela, reflétant comme un éclair la lueur des lampes, puis on entendit frapper un coup mat, et le bruit d'un corps tombant lourdement sur le sol retentit sourd et funèbre.

— Justice est faite, dit l'inconnu en se retournant vers le cercle effrayant, dont les regards avides avaient, à travers leurs suaires, dévoré ce spectacle.

— Ainsi, dit le président, tu approuves l'exécution qui vient d'avoir lieu ?

— Oui, si celui qui vient d'être frappé fut véritablement coupable.

— Et tu boirais à la mort de tout homme qui, comme lui, trahirait les secrets de l'association sainte?

— J'y boirai.

— Quelle que fût la boisson ?

— Quelle qu'elle fût.

— Apportez la coupe, dit le président.

L'un des deux bourreaux s'approcha alors du récipiendaire et lui présenta une liqueur rouge et tiède dans un crâne humain monté sur un pied de bronze.

L'inconnu prit la coupe des mains du bourreau, et la levant au-dessus de sa tête :

— Je bois, dit-il, à la mort de tout homme qui trahira les secrets de l'association sainte.

Puis abaissant la coupe à la hauteur de ses lèvres, il la vida jusqu'à la dernière goutte et la rendit froidement à celui qui la lui avait présentée.

Un murmure d'étonnement courut par l'assemblée, et les fantômes semblèrent se regarder entre eux à travers leurs linceuls.

— C'est bien, dit le président. Le pistolet !

Un fantôme s'approcha du président,

tenant d'une main un pistolet, et de l'autre une balle de plomb et une charge de
poudre.

A peine le récipiendaire daigna tour-
ner les yeux de son côté.

— Tu promets donc obéissance passive à
l'association sainte? demanda le président.

— Oui.

— Même si cette obéissance devait
s'exercer sur toi-même?

— Celui qui entre ici n'est pas à lui, il
est à tous.

— Ainsi, quelqu'ordre qu'il te soit
donné par moi, tu obéiras?

— J'obéirai.

— A l'instant même?

— A l'instant même.

— Sans hésitation?

— Sans hésitation.

— Prends ce pistolet et charge-le.

L'inconnu prit le pistolet, fit glisser la poudre dans le canon, l'assujettit avec une bourre, puis laissa tomber la balle, qu'il assura avec une seconde bourre, après quoi il amorça l'arme.

Tous les sombres habitants de l'étrange

demeure le regardaient avec un morne silence, qui n'était interrompu que par le
bruit du vent se brisant aux angles des ar-
ceaux rompus.

— Le pistolet est chargé, dit froidement l'inconnu.

— En es-tu sûr? demanda le président.

Un sourire passa sur les lèvres du récipiendaire qui tira la baguette et la laissa
couler dans le canon de l'arme qu'elle dé-
passa de deux pouces.

Le président s'inclina en signe qu'il
était convaincu.

— Oui, dit-il, il est en effet chargé et bien chargé.

— Que dois-je en faire? demanda l'inconnu.

— Arme-le.

L'inconnu arma le pistolet, et l'on entendit au milieu du profond silence qui accompagnait les intervalles du dialogue, le craquement du chien.

— Maintenant, reprit le président, appuie la bouche du pistolet contre ton front.

Le récipiendaire obéit sans hésiter.

Le silence s'étendit sur l'assemblée plus profond que jamais ; les lampes semblè-rent pâlir, ces fantômes étaient bien véri-tablement des fantômes, car pas un n'avait d'haleine.

— Feu ! dit le président.

La détente partit, la pierre étincela sur la batterie ; mais la poudre du bassinet seule prit feu, et aucun bruit n'accompa-gna sa flamme éphémère.

Un cri d'admiration s'échappa de pres-que toutes les poitrines, et le président, par un mouvement instinctif, étendit la main vers l'inconnu.

Mais deux épreuves sans doute ne suffi-
saient point aux plus difficiles, et quelques
voix crièrent :

— Le poignard, le poignard.

— Vous l'exigez? demanda le président.

— Oui, le poignard, le poignard, re-
prirent les mêmes voix.

— Apportez donc le poignard, dit le
président.

— C'est inutile, fit l'inconnu, en secouant la tête d'un air de dédain.

— Comment, inutile ! s'écria l'assemblée.

— Oui, inutile, reprit le récipiendaire d'une voix qui couvrait toutes les voix, inutile, je vous le répète, car vous perdez un temps précieux.

— Que dites-vous-là ? s'écria le président.

— Je dis que je sais tous vos secrets, que ces épreuves que vous me faites subir sont des jeux d'enfants, indignes d'occuper un instant des êtres sérieux. Je dis que cet homme assassiné n'est point mort, je dis que ce sang que j'ai bu était du vin renfermé dans une outre aplatie sur sa poitrine et cachée sous ses vêtements ; je dis que la poudre et les balles de ce pistolet

sont tombées dans la crosse au moment où,
en armant le chien, j'ai fait jouer la bas-
cule qui les engloutit. Reprenez donc votre arme impuissante, bonne à effrayer les
lâches. Relève-toi donc, cadavre menteur, tu n'épouvanteras pas les forts.

Un cri terrible fit retentir les voûtes.

— Tu connais nos mystères, s'écria le
président; tu es donc un voyant ou un
traître?

— Qui es-tu? demandèrent ensemble
trois cents voix, en même temps que vingt
épées étincelaient aux mains des fantômes

les plus proches, et par un mouvement ré-
gulier, comme eût été celui d'une pha-
lange exercée, venaient s'abaisser et se
réunir sur la poitrine de l'inconnu.

Mais lui, souriant, calme, relevant la
tête en secouant sa chevelure sans poudre,
en retenue par le seul ruban qu'on avait
noué autour de son front :

— *Ego sum qui sum*, dit-il, *je suis celui qui est.*

Puis il promena ses regards sur la muraille humaine qui l'entourait étroitement :
à son regard dominateur les épées s'abaissèrent par mouvements inégaux, selon que

ceux que l'inconnu écrasait de ce regard,
cédaient instantanément à son influence
ou essayaient de la combattre.

— Tu viens de prononcer une impru-
dente parole, dit le président, et sans doute
tu ne l'as prononcée que parce que tu
n'en connais point la portée.

L'étranger secoua la tête en souriant.

— J'ai répondu ce que je dois répondre,
dit-il.

— D'où viens-tu donc alors? demanda
le président.

— Je viens du pays d'où vient la lumière.

— Nos instructions annoncent cependant que tu viens de Suède.

— Qui vient de Suède peut venir d'Orient, reprit l'étranger.

— Une seconde fois, nous ne te connaissons pas.

Qui es-tu?

— Qui je suis... Soit, reprit l'inconnu, je vous le dirai tout à l'heure, puisque vous feignez de ne me point comprendre ; mais auparavant je veux vous dire qui vous êtes vous-mêmes.

Les fantômes tressaillirent, et leurs glai-

ves s'entre-choquèrent en passant de leur
main gauche dans leur main droite, et en
se relevant à la hauteur de la poitrine de
l'inconnu.

— D'abord, reprit l'étranger, en étendant la main vers le président, toi qui te
crois un Dieu, et qui n'es qu'un précurseur,
toi le représentant des cercles suédois, je
te dirai ton nom, pour n'avoir point besoin de te dire celui des autres : Swedenborg, les anges qui causent familièrement
avec toi, ne t'ont-ils pas révélé que celui
que tu attendais s'était mis en chemin ?

— C'est vrai, répondit le président en

relevant son linceul pour mieux voir celui qui lui parlait, ils me l'ont dit.

Et celui qui relevait son linceul, contre toutes les habitudes des rites de la société, montrait en le relevant le visage vénérable et la barbe blanchie d'un vieillard de quatre-vingts ans.

— Bien, reprit l'étranger ; maintenant à ta gauche est le représentant du cercle anglais, qui préside la loge de la Calédonie : salut, milord ; si le sang de votre aïeul revit en vous, l'Angleterre peut espérer que la lumière éteinte se rallumera.

Les épées s'abaissèrent, la colère commençait à faire place à l'étonnement.

— Ah! c'est vous, capitaine? continua l'inconnu en s'adressant au dernier chef placé à la gauche du président ; dans quel port avez-vous laissé votre beau bâtiment que vous aimez comme une maîtresse? C'est une brave frégate, n'est-ce pas, que la *Providence*, et un nom qui portera bonheur à l'Amérique?

Puis se retournant vers celui qui se tenait à la droite du président :

— A ton tour, dit-il, prophète de Zurich, voyons, regarde-moi en face, toi qui as poussé jusqu'à la divination la science physionomique, et dis tout haut si, dans les lignes de mon visage, tu ne reconnais pas le témoignage de ma mission.

Celui auquel il s'adressait recula d'un pas.

— Allons, continua l'étranger en s'adressant à son voisin, allons, descendant de Pélage, il s'agit de chasser une seconde fois les Maures de l'Espagne. Ce sera chose facile, si les Castillans n'ont point à tout jamais perdu l'épée du Cid.

Le cinquième chef resta muet et immobile; on eût dit que la voix de l'inconnu l'avait changé en pierre.

— Et à moi, reprit le sixième chef allant au-devant des paroles de l'inconnu qui semblait l'oublier, à moi, n'as-tu rien à me dire?

— Si fait, répondit le voyageur en fixant sur lui un de ces regards perçants qui fouillaient les cœurs ; si fait : j'ai à te dire ce que Jésus dit à Judas, je te le dirai tout à l'heure.

Celui auquel il s'adressait devint plus pâle que son linceul, tandis qu'un murmure courant par toute l'assemblée semblait demander compte au récipiendaire de cette étrange accusation.

— Tu oublies le représentant de la France, dit le président.

— Celui-là n'est point parmi nous, répondit l'étranger avec hauteur, et tu le sais bien, toi qui parles, puisque voilà son siége vide. Maintenant, rappelle-toi que les piéges font sourire celui qui voit dans les ténèbres, qui agit malgré les éléments et qui vit malgré la mort.

— Tu es jeune, reprit le président, et tu parles avec l'autorité d'un dieu. — Réfléchis bien, à ton tour, l'audace n'étourdit que les hommes irrésolus ou ignorants.

Un sourire de suprème dédain se dessina sur les lèvres de l'étranger.

— Vous êtes tous irrésolus, dit-il, puis-

que vous ne pouvez agir sur moi; vous
êtes tous ignorants, puisque vous ne savez
pas qui je suis; tandis qu'au contraire je
sais, moi, qui vous êtes; donc je réussi-
rais près de vous rien qu'avec de l'audace;
mais à quoi sert l'audace à celui qui est
tout-puissant?

— La preuve de cette puissance, dit le
président, la preuve, donnez-nous-la.

— Qui vous a convoqués! demanda
l'inconnu, passant du rôle d'interrogé à celui d'interrogateur.

— Le cercle suprême.

—Ce n'est pas sans but, dit l'étranger en

se retournant vers le président et vers les cinq chefs, que vous êtes venus, vous de Suède, vous de Londres, vous de New-Yorck, vous de Zurich, vous de Madrid, vous de Varsovie, vous tous enfin, continua-t-il en s'adressant à la foule, des quatre parties du monde, pour vous réunir dans le sanctuaire de la foi terrible.

— Non, sans doute, répondit le président, nous venons au-devant de celui qui a fondé un empire mystérieux en Orient, qui a réuni les deux hémisphères dans une communauté de croyances, qui a enlacé les mains fraternelles du genre humain.

— Y a-t-il un signe certain auquel vous puissiez le reconnaître?

— Oui, dit le président, et Dieu a daigné me le dévoiler par l'intermédiaire de ses anges.

— Vous seul connaissez ce signe, alors?

— Moi seul le connais.

— Vous n'avez révélé ce signe à personne?

— A personne au monde.

— Dites-le tout haut.

Le président hésita.

— Dites, répéta l'étranger avec le ton du commandement, dites ; car le moment de la révélation est venu.

— Il portera sur la poitrine, dit le chef suprême, une plaque de diamants, et sur cette plaque étincelleront les trois premières lettres d'une devise connue de lui seul.

— Quelles sont ces trois lettres ?

— L. P. D.

L'étranger écarta d'un mouvement rapide sa redingotte et son gilet, et, sur sa chemise de fine batiste, apparut, resplen-

dissante comme une étoile de flamme,
la plaque de diamants sur laquelle flam-
boyaient les trois lettres de rubis.

— LUI ! s'écria le président épouvanté,
serait-ce lui ?

Celui que le monde attend? dirent avec
anxiété les chefs.

— Le grand Cophte? murmurèrent
trois cents voix.

— Eh bien ! s'écria l'étranger avec l'é-
clat du triomphe, me croirez-vous maintenant quand je vous répéterai pour la seconde fois : Je suis celui qui est?

— Oui, dirent les fantômes en se pros-
ternant.

— Parlez, maître, dirent le président et
les cinq chefs, le front incliné vers la terre ;
parlez, et nous obéirons.

III

L∴ P∴ D∴

Il se fit un silence de quelques secondes, pendant lequel l'inconnu parut recueillir toutes ses pensées. Puis au bout d'un instant :

— Seigneurs, dit-il, vous pouvez déposer les épées qui fatiguent inutilement vos

bras, et me prêter une oreille attentive;
car vous aurez beaucoup à apprendre dans
le peu de paroles que je vais vous adresser.

L'attention redoubla.

— La source des grands fleuves est
presque toujours divine, c'est pour cela
qu'elle est inconnue; comme le Nil, comme
le Gange, comme l'Amazone ; je sais où je
vais, mais j'ignore d'où je viens ! Tout ce
que je me rappelle c'est que le jour où les
yeux de mon âme s'ouvrirent à la per-
ception des objets extérieurs, je me trou-
vai dans Médine, la ville sainte, courant à
travers les jardins du muphti Salaaym.

C'était un respectable vieillard que j'ai-

mais comme mon père, et qui cependant
n'était point mon père; car, s'il me regardait avec tendresse, il ne me parlait
qu'avec respect; — trois fois par jour il
s'écartait pour laisser arriver jusqu'à moi
un autre vieillard, dont je ne prononce le
nom qu'avec une reconnaissance mêlée
d'effroi; ce vieillard respectable, auguste
réceptacle de toutes les sciences humaines,
instruit par les sept esprits supérieurs dans
tout ce qu'apprennent les anges pour comprendre Dieu, s'appelle Althotas; il fut
mon gouverneur, il fut mon maître; il est
encore mon ami, ami vénérable, car il
a deux fois l'âge du plus âgé d'entre
vous.

Ce langage solennel, ces gestes majes—
tueux, cet accent onctueux et sévère à la
fois, produisirent sur l'assemblée une de ces
impressions qui se résolvent en longs fré—
missements d'anxiété.

Le voyageur continua :

— Lorsque j'atteignis ma quinzième
année, j'étais déjà initié aux principaux
mystères de la nature. — Je savais la bo—
tanique, — non pas cette science étroite
que chaque savant circonscrit à l'étude du
coin du monde qu'il habite, — mais je
connaissais les soixante mille familles de
plantes qui végètent par tout l'univers.
— Je savais, quand mon maître m'y for—

çait, en m'imposant les mains sur le front et en faisant descendre dans mes yeux fermés un rayon de la lumière céleste, je savais, par une contemplation presque surnaturelle, plonger mon regard sous le flot des mers, et classer ces monstrueuses et indescriptibles végétations qui flottent et se balancent sourdement entre deux couches d'eau vaseuse, et couvrent de leurs rameaux gigantesques le berceau de tous ces monstres, hideux et presque sans forme, que la vue de l'homme n'a jamais atteints, et que Dieu doit avoir oubliés depuis le jour où les anges rebelles forcèrent à les créer, son pouvoir un instant vaincu.

Je m'étais en outre adonné au langues mortes et vivantes. Je connaissais tous les idiomes qui se parlent depuis le détroit des Dardanelles jusqu'au détroit de Magellan. Je lisais ces mystérieux hiéroglyphes écrits sur ces livres de granit qu'on appelle les pyramides. J'embrassais toutes les connaissances humaines, depuis Sanchoniaton jusqu'à Socrate, depuis Moïse jusqu'à saint Jérôme, depuis Zoroastre jusqu'à Agrippa.

J'avais étudié la médecine, non-seulement dans Hippocrate, dans Gallien, dans Averroës, mais encore avec ce grand maître qu'on appelle la nature. J'avais surpris

les secrets des Cophtes et des Druses. J'avais
recueilli les semences fatales et les semences heureuses. Je pouvais, quand le simoun
et l'ouragan passaient sur ma tête, livrer à
leur souffle des graines inconnues qui allaient porter loin de moi la mort ou la vie
selon que j'avais condamné ou béni la
contrée vers laquelle je tournais mon visage courroucé ou souriant.

Ce fut au milieu de ces études, de ces
travaux, de ces voyages, que j'atteignis ma
vingtième année.

Un jour mon maître vint me trouver
dans la grotte de marbre où je me retirais
pendant la grande chaleur du jour. Son

visage était à la fois austère et souriant...
Il tenait à la main un flacon.

— Acharat, me dit-il, je t'ai toujours
dit que rien ne naissait, que rien ne mou-
rait dans le monde ; que le berceau et le
cercueil étaient frères ; qu'il manquait
seulement à l'homme, pour voir clair dans
ses existences passées, cette lucidité qui le
fera l'égal de Dieu, puisque, du jour où il
aura acquis cette lucidité, il se sentira im-
mortel comme Dieu. Eh bien ! j'ai trouvé
le breuvage qui dissipe les ténèbres, en
attendant que je trouve celui qui chasse la
mort. Acharat, j'ai bu hier ce qui manque
à ce flacon ; bois le reste aujourd'hui.

J'avais une grande confiance, j'avais une vénération suprême dans mon digne maître, et cependant ma main trembla en touchant le flacon que me présentait Althotas, comme la main d'Adam dut trembler en touchant la pomme que lui offrait Ève.

— Bois, me dit-il en souriant.

Je bus.

Alors il m'imposa les mains sur la tête, comme il avait coutume de le faire lorsqu'il voulait momentanément me douer de la double vue.

— Dors, me dit-il, et souviens-toi.

Je m'endormis aussitôt. Alors je rêvai
que j'étais couché sur un bûcher de bois
de sandal et d'aloës; un ange qui passait,
portant de l'Orient à l'Occident la volonté
du Seigneur, toucha mon bûcher du bout
de l'aile, et mon bûcher prit feu. Mais,
chose étrange, au lieu d'être ému par la
crainte, au lieu de redouter cette flamme,
je m'étendis voluptueusement au milieu des
langues ardentes, comme fait le phénix,
qui vient puiser une nouvelle vie au principe de toute vie.

Alors tout ce qu'il y avait de matériel
en moi disparut, l'âme seule resta, con-
servant la forme du corps, mais transpa-

rent, impalpable, plus légère que l'atmos-
phère où nous vivons et au-dessus de laquelle elle s'éleva. — Alors, comme
Pythagore qui se souvenait avoir été au
siége de Troie, je me souvins des trente-
deux existences que j'avais déjà vécu.

— Je vis passer sous mes yeux les siècles, comme une série de grands vieil-
lards. Je me reconnus sous les différents
noms que j'avais portés depuis le jour de
ma première naissance, jusqu'à celui de
ma dernière mort, car, vous le savez mes
frères, et c'est un des points les plus posi-
tifs de notre croyance, les âmes, ces in-
nombrables émanations de la Divinité, qui

à chacun de ses souffles s'échappent de la
poitrine de Dieu, les âmes remplissent l'air,
elles se distribuent en une nombreuse hié-
rarchie, depuis les âmes sublimes jusqu'aux âmes inférieures, et l'homme qui à
l'heure de sa naissance, aspire, au hasard
peut-être, une de ces âmes préexistantes,
la rend à l'heure de son trépas à une carrière nouvelle et à de successives transfor-
mations.

Celui qui parlait ainsi parlait avec un
accent si convaincu, ses yeux se levaient
au ciel avec un regard si sublime, qu'à
cette période de sa pensée résumant toute
sa croyance, il fut interrompu par un mur-

mure d'admiration ; l'étonnement faisait place à l'admiration, comme la colère avait fait place à l'étonnement.

— Quand je me réveillai, continua l'illuminé, je sentis que j'étais plus qu'un homme; je compris que j'étais presqu'un Dieu.

Alors je résolus de vouer, non–seulement mon existence actuelle, mais encore toutes les existences qui me restent à vivre, au bonheur de l'humanité.

Le lendemain, comme s'il eût deviné mon projet, Althotas vint à moi et me dit:

— Mon fils, il y a vingt ans que votre

mère expira en vous donnant le jour ; depuis vingt ans un obstacle invincible em-
pêche votre illustre père de se révéler à
vous ; nous allons reprendre nos voyages ;
votre père sera parmi ceux que nous ren-
contrerons, il vous embrassera, mais vous
ignorerez qu'il vous a embrassé.

Ainsi tout en moi, comme dans les élus
du Seigneur, devait être mystérieux : passé
présent, avenir.

Je dis adieu au muphti Salaaym qui me
bénit et me combla de présents ; puis nous
nous joignîmes à une caravane qui partait
pour Suez.

Pardon, Seigneurs, si je m'émeus à ce

souvenir; un jour, un homme vénérable m'embrassa, et je ne sais quel tressaillement étrange remua tout mon être quand je sentis battre son cœur.

C'était le schérif de la Mecque, prince très-magnifique et très-illustre. Il avait vu des batailles, et, d'un geste de son bras, il courbait les têtes de trois millions d'hommes. Alhotas se détourna pour ne pas s'émouvoir, pour ne point se trahir peut-être et nous continuâmes notre chemin.

Nous nous enfonçâmes en Asie ; nous remontâmes le Tigre ; nous visitâmes Palmyre, Damas, Smyrne, Constantinople, Vienne, Berlin, Dresde, Moscou, Stock-

holm, Pétersbourg, New-Yorck, Buénos-
Ayres, le Cap, Aden ; puis, nous retrou-
vant presqu'au point d'où nous étions par-
tis, nous gagnâmes l'Abyssinie, nous des-
cendîmes le Nil, nous abordâmes à Rho-
des, puis à Malte ; un navire était venu au-
devant du nôtre à vingt lieues en mer, et
deux chevaliers de l'Ordre, m'ayant salué
et ayant embrassé Althotas, nous avaient
conduits triomphalement au palais du
grand-maître Pinto.

Sans doute, vous allez me demander,
Seigneurs, comment le musulman Acharat était reçu avec tant d'honneur par
ceux-là même qui jurent dans leurs vœux

l'extermination des infidèles. C'est qu'Althotas, catholique et chevalier de Malte
lui-même, ne m'avait jamais parlé que
d'un Dieu puissant, univèrsel, ayant, avec
l'aide des anges, ses ministres, établi l'har-
monie générale, et ayant donné à ce tout
harmonieux le beau, le grand nom de
Cosmos. J'étais théosophe, enfin.

Mes voyages étaient achevés ; mais la vue
de toutes ces villes aux noms divers, aux
mœurs opposées, ne m'avait causé aucun
étonnement ; c'est que rien n'était nouveau
pour moi sous le soleil ; c'est que pendant
le cours des trente-deux existences que j'a-
vais déjà vécu, j'avais déjà visité les mêmes

Villes ; c'est que la seule chose qui me frappa, c'étaient les changements qui s'étaient
opérés parmi les hommes qui les peu-
plaient. Alors je pus planer en esprit au-
dessus des événements et suivre la marche
de l'humanité. Je vis que tous les esprits
tendaient au progrès, que le progrès me-
nait à la liberté. Je vis que tous les pro-
phètes apparus successivement avaient été
suscités par le Seigneur pour soutenir la
marche chancelante de l'humanité, qui,
partie aveugle de son berceau, fait, chaque siècle, un pas vers la lumière : — les
siècles sont les jours des peuples.

Alors je me suis dit que tant de choses

sublimes ne m'avaient pas été révélées pour que je les ensevelisse en moi, que c'est vainement que la montagne renferme ses filons d'or et que l'océan cache ses perles ; car le mineur obstiné pénètre au fond de la montagne ; car le plongeur descend dans les profondeurs de l'océan, et que mieux valait, au lieu de faire comme l'océan et la montagne, faire comme le soleil, c'est-à-dire secouer mes splendeurs sur le monde.

Vous comprenez donc maintenant, n'est-ce pas que ce n'est point pour accomplir de simples rites maçonniques que je suis venu d'Orient. Je suis venu pour vous

dire : Frères, empruntez les ailes et les
yeux de l'aigle, élevez-vous au-dessus du
monde, gagnez avec moi la cime de la
montagne où Satan emporta Jésus, et
jetez les yeux sur les royaumes de la
terre.

Les peuples forment une immense pha-
lange ; nés à différentes époques et dans
des conditions diverses, ils ont pris leurs
rangs, et doivent arriver chacun à son tour,
au but pour lequel ils ont été créés. Ils
marchent incessamment, quoiqu'ils semblent se reposer, et s'ils reculent par
hasard, ce n'est pas qu'ils vont en arrière,
c'est qu'ils prennent un élan pour franchir

quelqu'obstacle ou bien pour briser quelque difficulté.

La France est à l'avant-garde des na-
tions; mettons-lui un flambeau à la main.
Ce flambeau dût-il être une torche, la
flamme qui la dévorera sera un salutaire
incendie puisqu'il éclairera le monde.

C'est pour cela que le représentant de
la France manque ici; peut-être eût-il re-
culé devant sa mission... il faut un homme
qui ne recule devant rien... j'irai en France.

— Vous irez en France? reprit le président.

—Oui, c'est le poste le plus important...

je le prends pour moi; c'est l'œuvre la plus
périlleuse... je m'en charge.

— Alors vous savez ce qui se passe en
France? reprit le président.

L'illuminé sourit.

— Je le sais, car je l'ai préparé moi-
même : un roi vieux, timoré, corrompu,
moins vieux, moins timoré, moins corrompu, moins désespéré encore que la
monarchie qu'il représente, siége sur le
trône de France. Quelques années à peine
lui restent à vivre. Il faut que l'avenir soit
convenablement disposé par nous pour le
jour de sa mort. La France est la clef de

voûte de l'édifice; que les six millions de mains qui se lèvent à un signe du Cercle suprême déracinent cette pierre, et l'édifice monarchique s'écroulera, et le jour où l'on saura qu'il n'y a plus de roi en France, les souverains de l'Europe, les plus insolemment assis sur leur trône, sentiront le vertige leur monter au front, et d'eux-mêmes ils s'élanceront dans l'abîme qu'aura creusé ce grand écroulement du trône de saint Louis.

— Pardon, très-vénérable maître, interrompit le chef qui se tenait à la droite du président, et qu'à son accent d'un germanisme montagnard, on pouvait reconnaître pour Suisse ; votre intelligence a sans doute tout calculé ?

— Tout répondit laconiquement le grand Cophte.

— Et cependant, le très-vénérable maître m'excusera de lui parler ainsi ; mais sur la cime de nos montagnes, dans le fond de nos vallées, sur les rives de nos lacs, nous sommes habitués à parler aussi librement, que parlent le souffle du vent et le murmure des eaux ; cependant, je le répète, je crois le moment inopportun, car voici qu'un grand événement se prépare, et auquel la monarchie française devra sa régénération. J'ai vu, moi qui ai l'honneur de vous parler, très-vénérable grand maître, j'ai vu une fille de Marie-Thérèse se diriger en grande pompe vers la France, pour unir le sang de dix-sept Césars avec celui du successeur de soixante et un rois ; et les peuples se réjouissaient aveuglément, comme ils font toujours lorsqu'on relâche ou qu'on dore leur joug. Je le répète donc en mon nom et au nom de mes frères, je crois le moment inopportun.

Chacun se tourna plein de recueillement vers celui qui affrontait avec tant de calme et tant de hardiesse à la fois le mécontentement du grand maître.

— Parle, frère, dit le grand Cophte, sans paraître ému, ton avis sera suivi s'il est bon. Nous autres, élus de Dieu, nous ne repoussons personne et nous ne sacrifions point l'intérêt d'un monde au froissement de notre amour-propre.

Le député de la Suisse poursuivit au milieu d'un profond silence :

— Dans mes études, j'ai réussi, très-vénérable grand maître, à me convaincre d'une vérité : c'est que toujours la physionomie des hommes révèle à l'œil, qui sait y lire, leurs vices et leurs vertus. L'homme compose son visage, il adoucit son regard, il fait sourire ses lèvres ; tous ces mouvements musculaires sont en sa puissance ; mais le type principal de son caractère reste en saillie, lisible et irréfragable témoignage de ce qui se passe dans son cœur. Ainsi le tigre, lui aussi, a de charmants sourires et de caressantes œillades; mais à son front bas, à ses pommettes saillantes, à son occiput énorme, à son rictus sanglant, vous le reconnaissez tigre. Le chien, de son côté, fronce le sourcil, montre ses dents et joue la rage; mais à son œil doux et franc, à sa face intelligente, à sa démarche obséquieuse, vous le reconnaissez serviable et amical. Dieu a écrit sur les faces de chaque créature son nom et sa qualité. Eh bien ! moi, j'ai lu sur le front de la jeune fille

7

qui doit régner en France, la fierté, le
courage et la charité si tendre des filles
d'Allemagne ; j'ai lu sur le visage du jeune
homme qui sera son époux, le sang-froid
calme, la mansuétude chrétienne et l'esprit minutieux de l'observateur. Or, comment un peuple, et surtout ce peuple français qui n'a pas de mémoire pour le mal
et qui n'oublie jamais le bien, puisqu'il lui
a suffi de Charlemagne, de saint Louis et
de Henri IV, pour sauvegarder vingt rois
lâches et cruels ; comment un peuple qui
espère toujours et qui ne désespère jamais,
n'aimerait-il pas une reine jeune, belle et
bonne, un roi doux, clément et bon admi-
nistrateur, après l'ère désastreuse et dila-

pidatrice de Louis XV, après ses publiques
orgies et ses sournoises vengeances, après
le règne des Pompadour et des Dubarry! la
France ne bénira-t-elle pas des princes
qui seront le modèle des vertus que j'ai ci-
tées, et qui apporteront en dot la paix eu-
ropéenne? Voilà que la dauphine, Marie-
Antoinette, va traverser la frontière; l'au-
tel et le lit nuptial s'apprêtent à Versailles;
est-ce bien le moment de commencer, par
la France et pour la France, votre œuvre
de réformation? Pardonnez-moi encore,
mais j'ai dû dire, très-vénérable seigneur,
ce que je pensais au fond de l'âme, et ce
que je crois de mon devoir de soumettre à
votre infaillible sagesse.

A ces mots, celui qui venait de parler,
et que l'inconnu avait désigné sous le nom
de l'apôtre de Zurich, s'inclina, recueillant
le murmure flatteur des approbations una-
nimes, et attendit la réponse du grand
Cophte.

Elle ne se fit point attendre; et celui-ci
reprit aussitôt :

— Si vous lisez dans les physionomies,
très-illustre frère, dit-il, moi je lis dans
l'avenir. Marie-Antoinette est fière; elle
s'entêtera dans la lutte et périra sous nos
attaques. Le dauphin Louis-Auguste est
bon et clément, il faiblira dans la lutte et

périra comme sa femme et avec sa femme; seulement ils périront chacun par la vertu ou le défaut contraire. Ils s'estiment en ce moment; nous ne leur donnerons pas le temps de s'aimer, et dans un an ils se mépriseront. D'ailleurs, pourquoi délibérer. frères, pour savoir de quel côté vient la lumière quand cette lumière m'est révélée à moi? quand je viens d'Orient conduit, comme les bergers, par cette étoile qui annonce une seconde régénération? Demain je me mets à l'œuvre, et avec votre concours je vous demande vingt ans pour accomplir notre œuvre; vingt ans suffiront si nous marchons unis et forts vers un même but.

— Vingt ans! murmurèrent plusieurs fantômes, c'est bien long.

Le grand Cophte se retourna vers ces impatients.

— Oui sans doute, dit-il, c'est bien long pour quiconque se figure qu'on tue un principe comme on tue un homme avec le couteau de Jacques Clément ou avec le canif de Damiens. Insensés!... le couteau tue l'homme, c'est vrai; mais, pareil à l'acier régénérateur, il tranche un rameau pour en faire jaillir dix autres de la souche, et à la place du cadavre royal couché dans son tombeau, il suscite un Louis XIII, tyran stupide; un Louis XIV, despote in-

telligent; un Louis XV, idole arrosée des
pleurs et du sang de ses adorateurs, comme
ces monstrueuses divinités que j'ai vues
dans l'Inde écraser, avec un monotone sourire, les femmes et les enfants qui jettent
des guirlandes sous les roues de leur char.
Ah ! vous trouvez que c'est trop de vingt
ans pour effacer le nom de roi du cœur de
trente millions d'hommes, qui naguère encore offraient à Dieu la vie de leurs enfants
pour racheter celle du petit roi Louis XV !
Ah ! vous croyez que c'est une tâche facile
que de rendre odieuses à la France ces
fleurs de lys, qui, radieuses comme les
étoiles du ciel, caressantes comme les par-
fums de la fleur qu'elles rappellent, ont

porté durant mille ans la lumière, la charité, la victoire, dans tous les coins du
monde..Essayez donc, mes frères, es-
sayez : ce n'est pas vingt ans que je vous
donne, moi, c'est un siècle!

Vous êtes épars, tremblants, ignorés les
uns des autres; moi seul sais tous vos noms ;
moi seul estime, pour en faire un tout,
vos valeurs divisées ; moi seul suis la
chaîne qui vous relie dans un grand nœud
fraternel. Eh bien ! je vous le dis, philosophes, économistes, idéologues, je veux
que dans vingt ans ces principes, que vous
murmurez à voix basse au foyer de la famille, que vous écrivez, l'œil inquiet, à

l'ombre de vos vieilles tours; que vous vous confiez les uns aux autres, le poignard à la main, pour frapper du poignard le traître ou l'imprudent qui répéterait vos paroles plus haut que vous ne les dites ; je veux, — ces principes, — que vous les proclamiez tout haut dans la rue, que vous les imprimiez au grand jour, que vous les fassiez répandre dans toute l'Europe, par des émissaires pacifiques, ou au bout des baïonnettes de cinq cent mille soldats qui se lèveront. combattants de la liberté, avec ces principes écrits sur leurs étendards; enfin je veux que vous, qui tremblez au nom de la tour de Londres; vous, au nom des cachots de l'inquisition ; moi au nom de

cette Bastille que je vais affronter, je veux
que nous riions de pitié en foulant du pied
les ruines de ces effrayantes prisons, sur
lesquelles danseront vos femmes et vos enfants. Eh bien ! tout cela ne peut se faire
qu'après la mort, non pas du monarque,
mais de la monarchie, qu'après le mépris
des pouvoirs religieux, qu'après l'oubli
complet de toute infériorité sociale, qu'a-
près l'extinction enfin des castes aristocra-
tiques et la division des biens seigneuriaux.
Je demande vingt ans pour détruire un
vieux monde et reconstruire un monde
nouveau, vingt ans, c'est-à-dire vingt secondes de l'éternité, et vous dites que c'est
trop !

Un long murmure d'admiration et d'as-
sentiment succéda au discours du sombre prophète ; il était évident qu'il avait
conquis toutes les sympathies de ces mystérieux mandataires de la pensée euro-
péenne.

Le grand Cophte jouit un instant de son
triomphe ; puis, lorsqu'il le sentit complet
il reprit :

— Maintenant, frères, voyons, maintenant que je vais attaquer le lion dans son
antre ; maintenant que je vais jouer ma vie
contre la liberté du monde, que ferez-vous
pour le succès de la cause à laquelle nous
avons voué notre vie, notre fortune et no-

tre liberté ; que ferez-vous, dites ? Voilà ce
que je suis venu vous demander. ·

Un silence, effrayant à force de solennité, succéda à ces paroles ; on ne voyait
dans la sombre salle que d'immobiles fantômes absorbés dans la pensée austère qui
devait ébranler vingt trônes.

Les six chefs se détachèrent des groupes
et revinrent, après quelques minutes de
délibération, vers le chef suprême.

Le président parla le premier.

— Moi, dit-il, je représente la Suède.
Au nom de la Suède j'offre, pour défaire
le trône de Vasa, les mineurs qui ont élevé

le trône de Vasa, plus cent mille écus d'argent.

Le grand Cophte tira ses tablettes et y inscrivit l'offre qui venait de lui être faite.

Celui qui était à la gauche du président parla à son tour.

— Moi, dit-il; envoyé des Cercles irlan-.dais et écossais, je ne puis rien promettre au nom de l'Angleterre, que nous trouverons ardente à nous combattre; mais au nom de la pauvre Irlande, mais au nom de la pauvre Écosse, je promets une contribution de trois mille hommes et de trois mille couronnes par an.

Le chef suprême écrivit cette offre à côté de l'offre précédente.

— Et vous? dit-il au troisième chef.

— Moi, répondit celui-ci, dont la vigueur et la rude activité se trahissaient sous la robe gênante de l'initié; moi, je représente l'Amérique, dont chaque pierre, chaque arbre, chaque goutte d'eau, chaque goutte de sang appartient à la révolte. Tant que nous aurons de l'or, nous le donnerons; tant que nous aurons du sang nous le verserons; seulement nous ne pouvons agir que lorsque nous serons libres. Divisés, parqués, numérotés, comme nous sommes, nous représentons une chaîne gigantesque aux anneaux séparés ; il faudrait qu'une main puissante soudât les deux premiers chaînons, les autres se souderaient bien d'eux-mêmes. C'est donc par nous qu'il faudrait commencer, très-vénérable maître. Si vous voulez faire les Français libres de la royauté, faites-nous d'abord libres de la domination étrangère.

— Ainsi sera-t-il fait, répondit le grand Cophte ; vous serez libres les premiers, et la France vous y aidera. Dieu a dit dans toutes les langues : « Aidez-vous les uns les autres. » Attendez donc. Pour vous, frère, au moins, l'attente ne sera pas longue, je vous en réponds.

Puis il se tourna vers le député de la Suisse.

— Moi, dit celui-ci, je ne puis rien promettre que ma contribution personnelle. Les fils de notre république sont depuis longtemps les alliés de la monarchie française; ils lui vendent leur sang depuis Marignan et Pavie; ce sont de fidèles débiteurs, ils livreront ce qu'ils ont vendus. Pour la première fois, très-vénérable grand-maître, j'ai honte de notre loyauté.

— Soit, répondit le grand Cophte, nous vaincrons sans eux et malgré eux. A votre tour, député de l'Espagne.

— Moi, dit celui-ci, je suis pauvre, je

n'ai que trois mille frères à donner ; mais
ils contribueront chacun pour mille réaux
par an. L'Espagne est un pays paresseux,
où l'homme sait dormir sur un lit de dou-
leurs, pourvu qu'il dorme.

— Bien, dit le Cophte. Et vous ?

— Moi, répondit celui auquel il s'adressait, moi, je représente la Russie et les
Cercles polonais. Nos frères sont des riches mécontents ou de pauvres serfs, voués
à un travail sans repos et à une mort pré-
maturée. Je ne puis rien promettre au
nom des serfs, puisqu'ils ne possèdent rien,
pas même la vie ; mais je promets pour

trois mille riches vingt louis par chaque tête pour chaque année.

Les autres députés vinrent à leur tour : chacun représentait, soit un petit royaume soit une grande principauté, soit un pauvre Etat ; chacun fit inscrire son offre sur les tablettes du chef suprême, et s'engagea par serment à tenir ce qu'il avait promis.

— Maintenant, dit le grand Cophte, le mot d'ordre, symbolisé par les trois lettres auxquelles vous m'avez reconnu, déjà donné dans une partie de l'univers, va se répandre dans l'autre. Que chaque initié porte ces trois lettres, non-seulement dans son cœur, mais sur son cœur, car nous,

souverain maître des loges d'Orient et
d'Occident, nous ordonnons la ruine des
lys. Je te l'ordonne, à toi frère de Suède, à
toi frère d'Écosse, à toi frère d'Amérique,
à toi frère de Suisse, à toi frère d'Espagne,
et à toi frère de Russie, LILIA PEDIBUS DE-
STRUE (1).

— Une acclamation, puissante comme
la voix de la mer, mugit au fond de l'antre, et s'échappa en raffales lugubres dans
les gorges de la montagne.

— Et maintenant au nom du père et du

_____

(1) Les trois lettres L.·. P.·. D.·. étaient en effet la
devise des illuminés.

maître, retirez-vous, dit le chef suprême
quand le murmure eut été apaisé, rega-
gnez avec ordre les souterrains qui abou-
tissent aux carrières du Mont-Tonnerre, et
les uns par la rivière, les autres par le bois,
le reste par la vallée, dispersez-vous avant
le lever du soleil. Vous me reverrez encore une fois et ce sera le jour de notre
triomphe. Allez!

Puis il termina cette allocution par un
geste maçonnique que comprirent seuls
les six chefs principaux, de sorte qu'ils
demeurèrent autour du grand Cophte,
après que les initiés d'ordre inférieur eurent disparu.

Alors le chef suprême prit le Suédois à part.

— Swedenborg, lui dit-il, tu es véritablement un homme inspiré, et Dieu te remercie par ma voix. Envoie l'argent en France à l'adresse que je t'indiquerai.

Le président salua humblement et s'éloigna stupéfait de cette seconde vue qui avait révélé son nom au grand Cophte.

— Salut, brave Fairfax, continua-t-il, vous êtes le digne fils de votre aïeul. Recommandez-moi au souvenir de Washington la première fois que vous lui écrirez.

Fairfax s'inclina à son tour, et se retira sur les pas de Swedenborg.

— Viens, Paul Jones, dit le Cophte à l'Américain, viens, car tu as bien parlé ; j'attendais cela de toi. Tu seras un des héros de l'Amérique. Qu'elle et toi se tiennent prêts au premier signal.

Et l'Américain, frissonnant comme sous le souffle d'un dieu, se retira à son tour.

— A toi, Lavater ! continua l'élu ; abjure les théories, car il est temps de passer à la pratique ; n'étudie plus ce qu'est l'homme mais ce que l'homme peut être. Va, et malheur à ceux de tes frères qui se lèveront contre nous , car la colère du peuple sera rapide et dévorante comme celle de Dieu !

Le député suisse s'inclina tremblant et disparut.

— Écoute-moi, Ximénès, fit ensuite le Cophte, s'adressant à celui qui avait parlé au nom de l'Espagne : Tu es zélé, mais tu te défies ; ton pays dort, dis-tu ; mais c'est parce qu'on ne le réveille pas. Va, la Castille est toujours la patrie du Cid.

Le dernier s'avança à son tour ; mais il n'avait pas fait trois pas que le Cophte l'avait arrêté du geste.

— Toi, Scieffort de Russie, tu trahiras ta cause avant un mois ; mais, dans un mois, tu seras mort.

L'envoyé moscovite tomba à genoux;
mais le grand Cophte le releva d'un geste
de menace, et le condamné de l'avenir
sortit en chancelant.

Alors resté seul, l'homme étrange que
nous avons introduit dans ce drame pour
en être le principal personnage, regarda
autour de lui, et voyant la salle de récep-
tion vide et silencieuse; il ferma sa redingotte de velours noir aux boutonnières
brodées, assura son chapeau sur sa tête,
poussa le ressort de la porte de bronze qui
s'était refermée derrière lui; s'engagea
dans les défilés de la montagne, comme
si depuis longtemps ces défilés lui étaient

connus ; puis, arrivé à la forêt, quoiqu'il
n'eût ni guide, ni lumière, il la franchit comme si une main invisible le
guidait.

Arrivé de l'autre côté de la lisière du
bois. il chercha des yeux son cheval, et
ne le voyant point, il écouta, il lui sembla
alors entendre un hennissement lointain.
Un coup de sifflet modulé d'une certaine
façon sortit alors de la bouche du voyageur.
Un instant après on eût pu voir Djerid ac-
courir dans l'ombre, fidèle et obéissant
comme un chien joyeux. Le voyageur s'é-
lança légèrement sur lui, et tous deux,
emportés d'une course rapide, disparu-

rent bientôt confondus avec la bruyère sombre qui s'étend entre Danenfels et la cime du Mont–Tonnerre.

FIN DE L'INTRODUCTION.

I

L'orage.

Huit jours après la scène que nous venons de raconter, vers cinq heures du soir
à peu près, une voiture attelée de quatre
chevaux et conduite par deux postillons,
sortait de Pont-à-Mousson, petite ville si-
tuée entre Nancy et Metz. Elle venait de re-

layer à l'hôtel de la poste, et malgré les
instances sans résultat d'une hôtesse ac-
corte, qui, sur le seuil de sa maison, guet-
tait les voyageurs attardés, elle continuait
sa route vers Paris.

Les quatre chevaux qui l'entraînaient,
eurent à peine disparu à l'angle de la rue
avec la lourde machine, que vingt enfants
et dix commères, qui avaient stationné autour de ce coche pendant les quelques minutes qu'il avait mis à relayer, rentrè-
rent dans leurs demeures respectives, avec
des gestes et des exclamations qui déce-
laient chez les uns une hilarité excessive
et chez les autres un profond étonnement.

C'est que rien de pareil à cette voiture n'avait encore traversé le pont que, cinquante ans auparavant, le bon roi Stanislas avait fait jeter sur la Moselle, pour établir de plus faciles communications entre son petit royaume et la France. Nous n'en exceptons pas même ces curieux fourgons d'Alsace, qui, aux jours de foire, amenaient de Phalsbourg, les phénomènes à deux têtes, les ours dansants et les tribus nomades de ses saltimbanques, bohémiens des pays civilisés.

En effet, sans être un enfant frivole et railleur, une vieille médisante et curieuse, on pouvait s'arrêter avec surprise en voyant

passer ce monumental véhicule, qui, suspendu sur quatre roues de pareil diamètre
et soutenu par de solides ressorts, avançait
néanmoins avec assez de rapidité pour jus-
tifier cette exclamation échappée aux spec-
tateurs :

— Voilà une singulière voiture pour
courir la poste!

Que nos lecteurs qui, fort heureusement
pour eux, ne l'ont pas vue passer, nous
permettent de la leur décrire.

D'abord la caisse principale ; nous disons
la caisse principale, parce que cette caisse
était précédée d'une manière de cabriolet ;

d'abord la caisse principale, disons-nous, était peinte en bleu clair et portait, en pleins panneaux, un élégant tortil de baron, surmontant un J et un B artistement entrelacés.

Deux fenêtres, nous disons des fenêtres et non des portières, deux fenêtres, avec des rideaux de mousseline blanche, donnaient du jour dans l'intérieur; seulement ces fenêtres, à peu près invisibles au profane vulgaire, étaient pratiquées dans la partie antérieure de cette caisse et donnaient dans le cabriolet. Un grillage permettait à la fois de causer avec l'être, quel qu'il fût, qui habitait cette caisse, et de s'appuyer, ce qu'on n'eût pu faire avec sécurité sans cette précaution, et de s'appuyer, disons-nous, contre les vitres sur lesquelles étaient tendus ces rideaux.

Cette caisse postérieure, qui paraissait être la partie importante de ce singulier coche, et qui pouvait avoir huit pieds de long sur six de large, ne recevait donc de jour que par ces fenêtres, et d'air que par un vasistas vitré ouvrant sur l'impériale; enfin, pour compléter la série des singularités que ce véhicule offrait aux regards des passants, un tuyau de tôle, excédant cette impériale d'un bon pied pour le moins, vomissait une fumée aux panaches bleuâ-

tres, qui s'en allaient blanchissant en co-
lonnes, et s'élargissant en vagues dans le
sillage aérien de la voiture emportée.

De nos jours, une pareille particularité
n'aurait d'autre résultat que de faire croire
à quelque invention nouvelle et progressive, dans laquelle le mécanicien aurait
savamment combiné la puissance de la
vapeur avec la force des chevaux.

La chose eût été d'autant plus probable
que la voiture, précédée, comme nous l'a-
vons dit, de quatre chevaux et de deux postillons, était suivie d'un seul cheval retenu
à l'arrière par une longe. Ce cheval qui
offrait, grâce à sa tête petite et busquée, à

ses jambes grêles, à sa poitrine étroite, à sa
crinière épaisse et à sa queue flamboyante,
les signes caractéristiques de la race arabe,
était tout sellé ; ce qui indiquait que parfois quelqu'un des voyageurs mystérieux,
enfermés dans cette autre arche de Noé, se
donnait le plaisir de la cavalcade, et ga-
loppait à côté de la voiture à laquelle une
pareille allure semblait irrévocablement
interdite.

A Pont-à-Mousson, le postillon du relai
précédent avait reçu, avec le prix de sa
poste, doubles guides d'une main blanche
et musculeuse, qui s'était glissée entre les
deux rideaux de cuir qui fermaient la par-

tie antérieure du cabriolet presque aussi hermétiquement que les rideaux de mousseline fermaient la partie antérieure de la caisse.

Le postillon émerveillé avait, en ôtant vivement son chapeau, dit : Merci, monseigneur. Et une voix sonore avait répondu en allemand, langue qu'on entend encore si on ne la parle plus dans les environs de Nancy :

— *Schnel! schneller !*

Ce qui, traduit en français, voulait dire :

— Vite, plus vite !

Les postillons entendent à peu près toutes les langues, quand on accompagne les
paroles qu'on leur adresse d'une certaine
musique métallique, dont cette race, — la
chose est parfaitement connue des voyageurs — dont cette race, disons-nous, est
particulièrement friande ; aussi les deux
nouveaux postillons firent-ils tout ce qu'ils
purent pour partir au galop, et ce ne fut
qu'après des efforts qui faisaient plus d'honneur à la vigueur de leurs bras qu'à celle
des jarrets de leurs chevaux qu'ils purent
enfin consentir, de guerre lasse, à se res-
treindre à un trot fort convenable, puisqu'il permettait évidemment de faire deux
lieues et demie ou trois lieues à l'heure.

Vers sept heures on relayait à Saint-
Mihiel ; la même main passait à travers les
rideaux le payement de la poste franchie,
et la même voix faisait entendre pareille
recommandation.

Il va sans dire que la singulière voiture
excitait la même curiosité qu'à Pont-à-
Mousson, la nuit qui s'approchait contri-
buant à lui donner un aspect plus fantasti-
que encore.

Après Saint-Mihiel commence la montagne. Arrivés là, il fallut bien que les
voyageurs se contentassent d'aller au pas ;
on mit une demi-heure à faire un quart
de lieue à peu près.

Sur la cime de la montée, les postillons s'arrêtèrent pour faire souffler un instant leurs chevaux, et les voyageurs du cabriolet purent, en écartant les rideaux de cuir, embrasser un horizon assez étendu, mais que les premières vapeurs du soir commençaient à voiler.

Le temps, qui avait été clair et chaud jusqu'à trois heures de l'après-midi, était devenu étouffant vers le soir. Un gros nuage blanc venant du Sud et qui semblait suivre la voiture avec préméditation, menaçait de l'atteindre avant qu'elle n'eût gagné Bar-le-Duc, où les postillons proposaient à tout hasard de s'arrêter pour passer la nuit.

Le chemin, resserré d'un côté par la montagne, et de l'autre par un talus escarpé, descendant vers une vallée au fond de laquelle on voyait serpenter la Meuse, offrait pendant une demi-lieue une pente si rapide, qu'il eût été dangereux de descendre cette pente autrement qu'au pas ; aussi fut-ce l'allure prudente qu'adoptèrent les postillons lorsqu'ils se remirent en route.

Le nuage avançait toujours, et comme il était puissant et rasait de près la terre, il s'étendait en agglomérant les vapeurs qui montaient du sol ; aussi le voyait-on, dans sa blancheur sinistre, repousser toutes les autres nuées bleuâtres qui cherchaient à

se placer sous le vent, comme font les na-
vires un jour de bataille.

Bientôt, grâce à ce nuage qui s'étendait
au ciel avec la rapidité d'une marée qui
monte, les derniers rayons du soleil furent
interceptés : un jour gris et terne filtra pé-
niblement sur la terre, et les feuillages
tremblants, sans que la moindre brise pas-
sât dans l'air, prirent cette teinte noire
qu'ils revêtent sous les premières couches
d'obscurité qui suivent l'absence du soleil.

Tout à coup un éclair sillonna la nuée,
le ciel se fendit en losanges de feu, et l'œil
effrayé put plonger dans les profondèurs

incommensurables du firmament, ardentes comme celles de l'enfer.

Au même instant un coup de tonnerre
bondissant d'arbre en arbre jusqu'au bout
du bois que traversait la route, secoua la
terre elle-même, et fit courir la grande
nuée comme un cheval furieux.

De son côté la voiture roulait toujours,
continuant de lancer de la fumée par sa
cheminée ; seulement de noire qu'elle était
d'abord cette fumée était devenue subtile
et couleur d'opale.

Sur ces entrefaites, le ciel s'assombrit
comme par secousses ; alors le vasistas de

l'impériale s'empourpra d'une vive lueur
et demeura éclairé ; il était évident que
l'habitant de la cellule roulante, étranger
aux accidents extérieurs, prenait ses pré-
cautions contre la nuit afin de ne pas être
interrompu dans l'œuvre qu'il accom-
plissait.

La voiture était encore sur le plateau de
la montagne ; elle n'avait pas encore commencé d'opérer sa descente, lorsqu'un second coup de tonnerre plus violent et plus
chargé de vibrations métalliques que le
premier, dégagea la pluie des nuages ;
elle tomba d'abord en larges gouttes, puis
bientôt elle jaillit drue et roide, comme

des brassées de flèches qu'on eût lancées du
ciel.

Les postillons semblèrent se consulter,
la voiture s'arrêta.

— Eh bien ! demanda la même voix,
mais cette fois en excellent français, que
diable faisons-nous?

— Nous nous demandons si nous de-
vons aller plus loin, dirent les postillons.

— Il me semble, d'abord, que c'est
à moi, non pas à vous, qu'il faudrait demander cela, reprit la voix. Allez !

Il y avait un accent de commandement
si puissant et si réel dans cette voix, que les

postillons obéirent et que la voiture commença de rouler sur la pente de la montagne.

— A la bonne heure ! reprit la voix ; et
les rideaux de cuir, un instant entr'ouverts
retombèrent de nouveau entre les voyageurs et l'avant-train du cocher.

Mais la route, naturellement glaiseuse,
humide et détrempée encore par les tor-
rents de pluie qui tombaient du ciel, devint tout à coup si glissante, que les chevaux refusèrent d'avancer.

— Monsieur, dit le postillon qui montait le timonier, il est impossible d'aller
plus loin.

— Pourquoi cela ? demanda la voix que nous connaissons.

— Parce que les chevaux ne marchent plus : ils patinent.

— A combien sommes-nous du relai ?

— Ah ! celui-ci est long, monsieur ; nous en sommes à quatre lieues.

— Eh bien ! postillon, mets à tes chevaux des fers d'argent, et ils marcheront, dit l'étranger en ouvrant le rideau, et en lui tendant quatre écus de six livres.

— Vous êtes bien bon, dit le postillon en recevant les écus dans sa large main et en les glisssant dans sa vaste botte.

— Monsieur te parle, il me semble, dit
le second postillon, lequel ayant entendu
le bruit argentin qu'avaient rendu en s'en-
gloutissant les écus de six livres, désirait
n'être point exclu d'une conversation qui
prenait un si grand intérêt.

— Oui, il dit comme ça que nous mar-
chions.

— Avez-vous quelque chose contre ce
désir, mon ami? dit le voyageur d'une
voix affectueuse, mais ferme, et qui indiquait que, sur ce point, il ne souffrirait
point de contradiction.

— Non, monsieur, ce n'est pas moi, ce

sont les chevaux ; voyez, ils refusent d'a—
vancer.

— Et à quoi servent donc les éperons ?
dit le voyageur.

— Ah ! je leur enfoncerais la molette
dans le ventre, qu'ils ne feraient pas un
pas de plus ; je veux que le ciel m'exter—
mine si...

Le postillon ne put achever ce blas—
phême ; un coup de foudre, effrayant par
le bruit et la flamme, lui coupa la parole.

— Ce n'est pas un temps chrétien, dit
le brave homme. Eh ! monsieur, voyez
donc..., voici la voiture qui marche toute

seule maintenant, dans cinq minutes, elle
ira plus vite que nous ne voudrons. Jésus
Dieu! voilà que nous roulons malgré nous.

En effet, le lourd carrosse, pesant sur la
croupe des chevaux, qui ne pouvaient plus
le soutenir, faute de tenir pied, prit un
mouvement de course progressive que la
multiplication des pesanteurs changea
bientôt en une impétueuse rotation.

Les chevaux s'emportèrent de douleur,
et l'équipage vola comme une flèche sur
la pente obscure, se rapprochant visible-
ment du précipice.

Ce ne fut plus seulement la voix, mais

aussi la tête du voyageur qui sortit alors de la voiture.

— Maladroit ! cria-t-il, tu vas nous tuer tous; à gauche les guides ! à gauche donc !

— Eh! monsieur, je voudrais bien vous y voir, répondit le postillon effaré, en essayant inutilement de réunir ses rênes et de reprendre sur ses chevaux la supériorité qu'il avait perdue.

— Joseph ! cria à son tour une voix de femme qui se faisait entendre pour la première fois, Joseph ! au secours ! au secours ! Ah ! sainte Madone !

Effectivement le danger était urgent, terrible, suprême et pouvait motiver cette

invocation à la mère de Dieu. La voiture,
toujours entraînée par son poids et cessant
d'être dirigée par une main sûre, continuait de s'avancer vers le précipice, sur lequel un des deux chevaux semblait déjà
suspendu, trois tours de roue encore, et
chevaux, voiture, postillons, tout était pré-
cipité, broyé, anéanti ; lorsque le voyageur,
s'élançant du cabriolet sur le timon, saisit
le postillon par le collet de son habit et la
ceinture de sa culotte, l'enleva comme il
eût fait d'un enfant, le lança à dix pas,
sauta en selle à sa place, réunit les guides ;
et d'une voix terrible :

— A gauche, cria-t-il au second postillon, à gauche drôle, ou je te brûle la cervelle.

L'ordre eut un effet magique ; le postillon qui conduisait les deux chevaux de devant, poursuivi par le cri de son malheureux compagnon, fit un effort surhumain, et donnant l'impulsion à la voiture, la ramena, puissamment aidé par le voyageur, sur le milieu du pavé, où elle commença de rouler avec la rapidité et le bruit du tonnerre, contre lequel elle semblait lutter.

— Au galop ! cria le voyageur, au galop. Si tu faiblis je te passe sur le corps à toi et à tes chevaux.

Le postillon comprenait que ce n'était
pas là une menace frivole, aussi redoubla-
t-il d'énergie, et la voiture continua de
descendre avec une vélocité effrayante ; on
eût dit en la voyant passer dans la nuit,
avec son grondement terrible, sa cheminée flamboyante, ses cris étouffés, voir
quelque char infernal traîné par des chevaux fantastiques et poursuivi par un ouragan.

Mais les voyageurs n'avaient évité un
danger que pour tomber dans un autre. Le
nuage électrique qui planait sur la vallée
avait des ailes et se précipitait aussi rapide
que les chevaux. De temps en temps le

voyageur levait la tête, c'était surtout lorsqu'un éclair déchirait la nuée, et à la lueur
de cet éclair, on pouvait distinguer sur son
visage un sentiment d'inquiétude qu'il ne
cherchait pas à dissimuler, car personne,
excepté Dieu, n'était là pour le surprendre.
Tout à coup, au moment où la voiture at-
teignait le bas de la pente, et continuait,
emportée par son élan, de rouler sur un
terrain plus égal, le brusque déplacement
de l'air combina les deux électricités, la
nuée se déchira avec un fracas terrible
pour laisser passer ensemble éclair et tonnerre. Un feu, violet d'abord, puis verdâtre, puis blanc, enveloppa les chevaux;
ceux de derrière se cabrèrent en battant

l'air de leurs jambes de devant et en aspi-
rant bruyamment l'air chargé de soufre;
ceux de devant s'abattirent comme si la
terre eût manqué sous leurs pieds; mais
presque aussitôt celui que montait le postillon se releva, et, sentant ses traits brisés
par la secousse, il emporta son maître qui
disparut dans les ténèbres, tandis que la
voiture, après avoir roulé dix pas encore,
s'arrêtait en heurtant le cadavre du cheval
foudroyé.

Tout cet épisode avait été accompagné
de cris déchirants poussés par la femme de
la voiture.

Il y eut un moment de confusion singulière, pendant, laquelle aucun ne sut s'il était mort ou vivant. Le voyageur lui même se tâta pour constater son identité.

Il était sain et sauf; mais sa femme était évanouie.

Quoique le voyageur se doutât de ce qui venait d'arriver, car le silence le plus profond avait succédé tout à coup aux cris qui s'échappaient du cabriolet, ce ne fut point à la femme éplorée qu'il porta ses premiers soins.

A peine eût-il touché le sol, au contraire, qu'il courut à l'arrière-train de la voiture.

C'est là que le beau cheval arabe dont nous avons parlé se tenait épouvanté, roidi, hérissé, dressant chacun de ses crins, comme s'il eût été vivant, et secouant la porte à la poignée de laquelle il était attaché, en tendant violemment sa longe. Enfin, l'œil fixe, la bouche écumante, le fier animal, après d'inutiles efforts pour briser ses liens, était resté fasciné par l'horreur de la tempête, et lorsque son maître, tout en le sifflant selon son habitude, lui passa pour le caresser sa main sur la croupe, il fit un bond et poussa un hennissement comme s'il ne l'avait pas reconnu.

— Allons, encore ce cheval endiablé.

murmura une voix cassée dans l'intérieur de la voiture, maudit soit l'aminal qui ébranle mon mur.

Puis cette voix, doublant de volume, cria en arabe, avec l'accent de l'impatience et de la menace :

— *Nhe goullac hogoud shaked haffrit!* (1).

— Ne vous fâchez point contre Djerid, maître, dit le voyageur en détachant le cheval, qu'il alla attacher à la roue de derrière de la voiture ; il a eu peur, voilà tout, et, en vérité, on aurait peur à moins.

(1) Je te dis de rester tranquille, démon.

Et, en disant ces mots, le voyageur ouvrit la portière, abaissa le marche-pied et
entra dans la voiture, dont il referma la
porte derrière lui.

II

Althotas.

Le voyageur se trouva alors en face
d'un vieillard aux yeux gris, au nez crochu,
aux mains tremblantes, mais actives, qui,
enseveli dans un grand fauteuil, compul-
sait de la main droite un gros manuscrit
de parchemin, intitulé la *Chivre del Gabi-*

netto et tenait de la main gauche une écu-
moire d'argent.

Cette attitude, cette occupation, ce visage aux rides immobiles, et dont les yeux
et la bouche seuls semblaient vivre, ce tout,
enfin, qui paraîtra sans doute étrange au
lecteur, était certainement bien familier à
l'étranger, car il ne jeta pas même un regard
autour de lui, quoique l'ameublement de
cette partie du coche en valût bien la
peine.

Trois murailles, — le vieillard, on se le
rappelle, nommait ainsi les parois de la
voiture, trois murailles, chargées de ca-
siers, qui eux-mêmes étaient pleins de li-

vres, enfermaient le fauteuil, siége ordinaire et sans rival de ce personnage bizarre,
en faveur duquel on avait ménagé, au-dessus des livres, des tablettes où l'on pouvait
placer bon nombre de fioles, de bocaux et
de boîtes enchâssées dans des étuis de bois,
comme on fait de la vaisselle et des verre-
ries dans un navire ; à chacun de ces ca-
siers ou de ces étuis, le vieillard, qui paraissait avoir l'habitude de se servir tout
seul, pouvait atteindre en roulant son fauteuil, qu'arrivé à destination, il haussait
ou abaissait à l'aide d'un cric, attaché aux
flancs du siége, et qu'il faisait jouer lui-
même.

La chambre, appelons ainsi ce compartiment, avait huit pieds de long, six de large, six de haut; — en face de la portière, outre les fioles et les alambics, s'élevait plus rapproché du quatrième panneau, resté libre pour l'entrée et la sortie, s'élevait, disons-nous, un petit fourneau avec son auvent, son soufflet de forge et ses grilles; c'était ce fourneau, employé en ce moment à chauffer à blanc un creuset, et à faire bouillir une mixture qui laissait échapper dans ce tuyau, que nous avons vu sortir par l'impériale, cette mystérieuse fumée, sujet incessant d'étonnement et de curiosité pour les passants de tous pays, de tout âge et de tout sexe.

En outre parmi les fioles, les boîtes, les

livres et les cartons semés à terre avec un pittoresque désordre, on voyait des pinces de cuivre, des charbons trempant dans différentes préparations, un grand vase à moitié plein d'eau, et, pendant au plafond à des fils, des paquets d'herbes qui semblaient, les unes récoltées de la veille, les autres cueillies depuis cent ans.

Cet intérieur exhalait une odeur pénétrante que, dans un laboratoire moins grotesque, on eût appelée un parfum.

Au moment où entrait le voyageur, le vieillard, roulant son fauteuil avec une adresse et une agilité merveilleuses, se rapprocha du fourneau, et se mit à écumer sa mixture avec une attention qui tenait du respect ; puis, distrait par l'apparition qui s'offrait à lui, il renfonça de la main droite le bonnet de velours, jadis noir, qui empaquetait sa tête jusqu'au-dessous des oreilles, et duquel s'échappaient quelques mêches rares de cheveux, brillants comme des fils d'argent, retirant de dessous la roulette de son fauteuil, avec une dextérité remarquable, le pan de sa longue robe de soie ouatée que dix ans d'usage avaient transformée en une guenille sans couleur, sans forme, et surtout sans continuité.

Le vieillard paraissait être de fort mauvaise humeur, et grommelait tout en écumant sa mixture et en relevant sa robe.

— Il a peur, le maudit animal, et de quoi, je vous le demande, il a secoué ma porte, ébranlé mon fourneau, et renversé un quart de mon élixir dans le feu. Acharat! au nom de Dieu, abandonnez-moi cette bête-là dans le premier désert que nous traverserons.

Le voyageur sourit.

— D'abord maître, dit-il, nous ne traversons plus de déserts, puisque nous sommes en France, et ensuite je ne puis me décider à abandonner ainsi un cheval de mille louis, ou plutôt qui n'a pas de prix, étant de la race d'Al-Borach.

— Mille louis, mille louis, je vous les

donnerai quand vous voudrez les mille louis, ou leur équivalent. Voilà plus d'un million qu'il me coûte à moi votre cheval, sans compter les jours d'existence qu'il m'enlève.

— Qu'a–t-il donc fait encore ce pauvre Djerid, voyons ?

— Ce qu'il a fait ; il a fait que quelques minutes encore et l'élixir bouillait sans qu'une seule goutte s'en fût échappée, ce que n'indiquent, il est vrai, ni Zoroastre, ni Paracelse, mais ce que recommande positivement Borri.

— Eh bien ! cher maître, encore quelques secondes et l'élixir bouillira.

— Ah oui ! bouillir, voyez, Acharat ;
c'est comme une malédiction, mon feu s'é-
teint, je ne sais ce qui tombe par la cheminée.

— Je le sais, moi, ce qui tombe par la
cheminée, reprit le disciple en riant, c'est
de l'eau.

— Comment de l'eau ! De l'eau ! eh
bien alors voilà mon élixir perdu ! c'est encore une opération à recommencer; comme
si j'avais du temps à perdre ! Mon Dieu,
mon Dieu ! s'écria le vieux savant en levant
les mains au ciel avec désespoir, de l'eau !
et quelle eau, je vous le demande, Acharat ?

— De l'eau pure du ciel, maître ; il pleut
à verse, ne vous en êtes-vous pas aperçu ?

— Est-ce que je m'aperçois de quelque
chose quand je suis à l'œuvre ? De l'eau !...
c'est donc cela !..... Voyez-vous, Acharat,
c'est impatientant, sur ma pauvre âme !
Comment ! depuis six mois je vous demande une mitre pour ma cheminée...
Depuis six mois !... que dis-je ? depuis un
an. Eh bien ! vous n'y pensez jamais...
vous qui n'avez que cela à faire, cependant,
puisque vous êtes jeune. Qu'arrive-t-il,
grâce à votre négligence, c'est que la pluie
aujourd'hui, c'est que le vent demain, con-
fondent tous mes calculs et ruinent toutes

mes opérations ; et pourtant il faut que je me presse, par Jupiter ! vous le savez bien, mon jour arrive, et si je ne suis pas en mesure pour ce jour-là, si je n'ai pas re-trouvé l'élixir vital, adieu le sage, adieu le savant Althotas ! Ma centième année commence le 13 juillet, à onze heures pré-cises du soir, et d'ici là il faut que mon élixir ait atteint toute sa perfection.

— Mais cela se prépare à merveille, il me semble, cher maître, dit Acharat.

— Sans doute, j'ai déjà fait des essais par absorption ; mon bras gauche, à peu près paralysé, a repris toute son élasticité ; puis je gagne le temps que je mettais à mes repas, puisque je n'ai plus besoin de manger que tous les deux ou trois jours, et que, dans l'intervalle, une cuillerée de mon élixir, tout imparfait qu'il est encore, me soutient. Oh ! quand je pense qu'il ne me faut probablement qu'une plante, qu'une feuille de cette plante pour que mon élixir soit complet ! que nous avons peut-être déjà passé cent fois, cinq cents fois, mille fois, près de cette plante, que nous l'avons peut-être foulée aux pieds de nos chevaux, sous les roues de notre voiture ; Acharat, cette plante dont parle Pline, et que les savants n'ont pas retrouvée ou n'ont pas reconnue, car rien ne se perd ! Tenez, il faudra que vous demandiez son nom à Lorenza pendant une de ses extases, n'est-ce pas?

— Oui, maître, soyez tranquille, je le lui demanderai.

— En attendant, dit le savant avec un profond soupir, voilà encore pour cette fois mon élixir manqué, et il me faut trois fois quinze jours pour arriver où j'en étais aujourd'hui, vous le savez bien. Prenez-y garde, Acharat, vous perdrez au moins autant que moi le jour où je perdrai la vie... Mais quel est donc ce bruit? La voiture roule-t-elle?

— Non, maître, c'est le tonnerre.

— Le tonnerre?

— Oui, — qui a même failli nous tuer
tout à l'heure, tous tant que nous sommes,
et moi, particulièrement; — il est vrai
que j'étais habillé de soie, ce qui m'a ga-
ranti.

— Eh bien! voilà, dit le vieillard en
frappant sur son genou qui résonna
comme un os vide, voilà à quoi m'exposent
vos enfantillages, Acharat, à mourir par le
tonnerre, à être tué bêtement par une
flamme électrique que je forcerais, si j'a-
vais le temps, à descendre dans mon fourneau pour faire bouillir ma marmite; ce
n'est donc pas assez d'être exposé à tous
les accidents provenant de la maladresse

ou de la méchanceté des hommes, il faut que vous m'exposiez encore à ceux qui viennent du ciel, à ceux qui sont les plus faciles à prévenir?

— Pardon, maître, mais vous ne m'avez pas encore expliqué...

— Comment! je ne vous ai pas développé mon système des pointes, mon cerf-volant conducteur! Quand j'aurai trouvé mon élixir, je vous le redirai encore ; mais dans ce moment-ci, vous comprenez, je n'ai pas le temps.

— Ainsi, vous croyez qu'on peut maîtriser la foudre?

— Non–seulement on peut la maîtriser,

mais la conduire où l'on veut. Un jour, un jour, quand ma seconde cinquantaine sera passée, quand je n'aurai plus qu'à attendre tranquillement la troisième, je mettrai au tonnerre une bride d'acier, et je le conduirai aussi facilement que vous conduisez Djerid. En attendant, faites mettre une mitre à ma cheminée, Acharat, je vous en supplie.

— Je le ferai, soyez tranquille.

— Je le ferai ! Je le ferai ! toujours l'avenir, comme si l'avenir était à nous deux. Oh ! je ne serai jamais compris, s'écria le savant, s'agitant sur son fauteuil et se tordant les bras de désespoir. Soyez tranquille!... Il me dit d'être tranquille, et dans trois mois si je n'ai point parachevé mon élixir, tout sera fini pour moi. Mais aussi que je passe ma seconde cinquantaine, que je retrouve ma jeunesse, l'élasticité de mes membres, la faculté de me mouvoir, et alors je n'aurai plus besoin de personne, on ne me dira plus : je ferai ; c'est moi qui dirai : J'ai fait !

— Pouvez-vous enfin dire cela à propos de notre grande œuvre, y avez-vous pensé?

— Oh! mon Dieu, oui, et si j'étais aussi sûr de trouver mon élixir, que je suis sûr de faire le diamant.....

— Vous en êtes donc bien réellement
sûr, maître?

— Sans doute, puisque, j'en ai fait
déjà.

— Vous en avez fait?

— Tenez, voyez plutôt.

— Où?

— Là, à votre droite, dans ce petit ré-
cipient de verre, justement, vous y êtes.

Le voyageur saisit avec avidité le réci-
pient indiqué ; c'était une petite coupe en
cristal extrêmement fin, dont tout le fond
était couvert d'une poudre presque impalpable et adhérente aux parois du verre.

— De la poussière de diamant ! s'écria le jeune homme.

— Sans doute, de la poussière de diamant ; et au milieu, cherchez bien.

— Oui, oui, un brillant de la grosseur d'un grain de mil.

— La grosseur ne signifie rien ; nous arriverons à réunir toute cette poussière à faire du grain de mil un grain de chenevis, du grain de chevenis un pois ; mais pour Dieu ! mon cher Acharat, en échange de cet engagement que je prends avec vous, faites mettre une mitre à ma cheminée, et un conducteur à votre voiture, afin que l'eau ne tombe pas dans ma che-

minée, et que le tonnerre aille se promé-
ner ailleurs.

— Oui, oui, soyez tranquille.

— Encore, encore ; avec son éternel
soyez tranquille il me fait damner. Jeunesse ! folle jeunesse ! présomptueuse jeunesse ! s'écria-t-il avec un rire funèbre qui
laissait voir sa bouche vide de dents, et
qui sembla creuser encore les orbites profondes de ses yeux.

— Maître, dit Acharat , votre feu s'é-
teint, votre creuset se refroidit; qu'y avait-
il donc dans votre creuset?

— Regardez-y.

— Le jeune homme obéit, ouvrit le
le creuset, et y trouva une parcelle de
charbon vitrifié de la grosseur d'une petite
noisette.

— Un diamant ! s'écria-t-il ; puis presque aussitôt : Oui, mais taché, incomplet,
sans valeur.

— Parce que le feu s'est éteint. Acharat, parce qu'il n'y avait pas de mitre à
ma cheminée, entendez-vous ?

— Voyons, pardonnez-moi, maître, dit
le jeune homme en tournant et retournant
son diamant, qui tantôt jetait de vifs reflets de lumière, tantôt restait sombre;

voyons, pardonnez-moi, et prenez quelque nourriture pour vous soutenir.

— C'est inutile, j'ai bu ma cuillerée d'élixir il y a deux heures.

— Vous vous trompez, maître, c'est ce matin à six heures que vous l'avez bue.

— Eh bien ! quelle heure est-il donc ?

— Il est tantôt deux heures et demie du soir.

— Jésus ! s'écria le savant en joignant les mains, encore une journée passée, enfuie, perdue ; mais les jours diminuent donc ; mais ils n'ont donc plus vingt-quatre heures !

— Si vous ne voulez pas manger, dor-
mez au moins quelques instants, maître.

— Eh bien ! oui, je dormirai deux heures; mais, dans deux heures, regardez à
votre montre; dans deux heures, vous
viendrez me réveiller.

— Je vous le promets.

— Voyez-vous, quand je m'endors,
Acharat, dit le vieillard d'un ton caressant,
j'ai toujours peur que ce ne soit dans l'é-
ternité. Vous viendrez me réveiller, n'est-
ce pas ? Ne me le promettez pas, jurez-le
moi.

— Je vous le jure, maître.

— Dans deux heures?

— Dans deux heures.

On en était là quand on entendit sur la route quelque chose comme le galop d'un cheval. Ce bruit fut suivi d'un cri, qui exprimait à la fois l'inquiétude et l'étonnement.

— Que veut dire encore ceci? s'écria le voyageur en ouvrant vivement la porte et en sautant sur la grand'route, sans employer l'aide du marchepied.

III

Lorenza Feliciani.

Voilà ce qui s'était passé à l'extérieur de la voiture, tandis que dans l'intérieur causaient le voyageur et le savant.

Au coup de tonnerre qui avait abattu les chevaux de devant, et fait cabrer ceux de derrière, nous avons dit que la femme du cabriolet s'était évanouie.

Elle resta quelques instants privée de ses sens, puis peu à peu, comme la peur seule avait causé son évanouissement, elle revint à elle.

— Oh! mon Dieu, dit-elle, suis-je abandonnée ici sans secours, et n'y a-t-il aucune créature humaine qui prenne pitié de moi!

— Madame, dit une voix timide, il y a moi, si toutefois je pouvais vous être bon à quelque chose.

A cette voix qui résonnait presqu'à son

oreille, la jeune femme se redressa, et passant sa tête et ses deux bras à travers les rideaux de cuir de son cabriolet, elle se trouva en face d'un jeune homme qui se tenait debout sur le marchepied.

— C'est vous qui m'avez parlé, monsieur? dit-elle.

— Oui, madame, répondit le jeune homme.

— Et vous m'avez offert votre secours?

— Oui.

— Qu'est-il arrivé, d'abord?

— Il est arrivé, madame, que le tonnerre vient de tomber presque sur vous,

et qu'en tombant il a brisé les traits des
chevaux de devant, qui se sont sauvés emportant le postillon.

La femme regarda autour d'elle avec
l'expression d'une vive inquiétude.

— Et... et celui qui conduisait les chevaux de derrière, où est-il? demanda-t-
elle.

— Il vient d'entrer dans la voiture, madame.

— Il ne lui est rien arrivé?

— Rien.

— Vous êtes sûr?

— Il a, du moins, sauté à bas de son cheval, en homme sain et sauf.

— Ah! Dieu soit loué !

Et la jeune femme respira plus librement.

— Mais où donc étiez-vous, vous, monsieur, que vous vous trouvez là si à propos pour m'offrir votre aide ?

— Madame, surpris par l'orage, j'étais là dans cet enfoncement sombre, qui n'est autre chose que l'entrée d'une carrière, quand tout à coup j'ai vu venir du tournant une voiture lancée au galop. J'ai cru d'abord que les chevaux s'emportaient, mais

j'ai bientôt vu qu'au contraire, ils étaient
guidés par une main puissante, quand
tout à coup le tonnerre est tombé avec un
fracas si terrible que je me suis cru foudroyé moi-même, et qu'un instant je suis
demeuré anéanti. Tout ce que je viens de
vous raconter, je l'ai vu comme dans un
rêve.

— Alors vous n'êtes pas sûr que celui
qui conduisait les chevaux de derrière soit
dans la voiture.

— Oh! si, madame, j'étais revenu à
moi et je l'ai parfaitement vu entrer.

— Assurez-vous qu'il y est encore, je
vous prie.

— Comment cela ?

— En écoutant; s'il est dans l'intérieur de la voiture vous entendrez deux voix.

Le jeune homma sauta en bas du marchepied, s'approcha de la paroi extérieure de la caisse et écouta.

— Oui, madame, dit-il en revenant, il y est.

La jeune femme fit un signe de tête qui voulait dire, c'est bien ; mais elle demeura la tête appuyée sur sa main, comme plongée dans une profonde rêverie.

Pendant ce temps, le jeune homme eut le temps de l'examiner.

C'était une jeune femme de vingt-trois
à vingt-quatre ans, au teint brun, mais
de ce brun mat plus riche et plus beau
que le ton le plus rose et le plus incar-
nat. Ses beaux yeux bleus levés au ciel,
qu'elle semblait interroger, brillaient
comme deux étoiles, et ses cheveux noirs
qu'elle gardait sans poudre, malgré la
mode du temps, retombaient en boucles
de jais sur son cou nuancé comme l'o-
pale.

Tout à coup elle parut avoir pris sa résolution.

— Monsieur, dit-elle, où sommes-nous
ici?

— Sur la route de Strasbourg à Paris, madame.

— Et sur quel point de la route ?

— A deux lieues de Pierrefitte.

— Qu'est-ce que cela, Pierrefitte ?

— C'est un bourg.

— Et après Pierrefitte, que rencontre-t-on ?

— Bar-le-Duc.

— C'est une ville ?

— Oui madame.

— Populeuse ?

— Quatre ou cinq mille âmes, je crois.

— Y a–t-il d'ici quelque route de tra-
verse qui aille plus directement que la
grand'route à Bar-le-Duc ?

— Non madame, ou du moins je n'en
connais pas.

— Peccato ! murmura–t-elle tout bas et
en se rejetant dans le cabriolet.

Le jeune homme attendit un instant
pour voir si la jeune femme l'interrogerait
encore ; mais voyant qu'elle gardait le silence, il fit quelques pas pour s'éloigner.

Ce mouvement la tira de sa rêverie, à
ce qu'il paraît, car elle se rejeta avec vi-
vacité sur le devant du cabriolet.

— Monsieur, dit-elle.

Le jeune homme se retourna.

— Me voici, madame, fit-il en se rapprochant.

— Encore une question, s'il vous plaît.

— Faites.

— Il y avait un cheval attaché à l'arrière de la voiture ?

— Oui, madame.

— Y est-il toujours ?

— Non, madame : la personne qui est entrée dans l'intérieur de la caisse l'a dé-

taché pour le rattacher à la roue de la voiture.

—Il ne lui est rien arrivé non plus au
cheval?

— Je ne le crois pas.

— C'est une bête de prix et que j'aime
beaucoup ; je voudrais m'assurer par moi-
même qu'il est sain et sauf ; mais le moyen
d'aller jusqu'à lui par cette boue ?

— Je puis amener le cheval ici, dit le
jeune homme.

—Ah! oui, s'écria la femme, faites cela,
je vous prie, et je vous en serai tout à fait
reconnaissante.

Le jeune homme s'approcha du cheval qui releva la tête et hennit.

— Ne craignez rien, reprit la femme du cabriolet ; il est doux comme un agneau.

Puis baissant la voix.

— Djerid ! Djerid ! murmura-t-elle.

L'animal connaissait sans doute cette voix pour être celle de sa maîtresse, car il allongea sa tête intelligente et ses naseaux fumants du côté du cabriolet.

Pendant ce temps le jeune homme le détachait.

Mais à peine eut-il senti sa longe aux mains inhabiles qui la tenaient, que d'une

violente secousse il se fit libre, et d'un seul
bond se trouva à vingt pas de la voiture.

— Djerid ! répéta la femme de sa voix
la plus caressante, ici, Djerid ! ici !

L'arabe secoua sa belle tête, aspira l'air
bruyamment et tout en piaffant, comme
s'il eût suivi une mesure musicale, il se rapprocha du cabriolet.

La femme sortit à moitié son corps des
rideaux de cuir.

— Viens ici, Djerid, viens ! dit-elle.

Et l'animal, obéissant, vint présenter sa
tête à la main qui s'avançait pour le flatter.

Alors, de cette main effilée, saisissant
la crinière du cheval, et s'appuyant de

l'autre sur le tablier du cabriolet, la jeune femme sauta en selle avec la légèreté de ces fantômes de ballades allemandes qui, bondissent sur la croupe des chevaux et se cramponnent aux ceintures des voyageurs.

Le jeune homme s'élança vers elle ; mais, d'un geste impérieux de la main, elle l'arrêta.

— Ecoutez, lui dit-elle, quoique jeune, ou plutôt parce que vous êtes jeune, vous devez avoir des sentiments d'humanité. Ne vous opposez donc pas à mon départ. Je fuis un homme que j'aime, mais avant toute chose je suis Romaine et bonne ca-

tholique. Or cet homme perdrait mon âme
si je restais plus longtemps avec lui ; c'est
un athée et un nécromancien, que Dieu
vient d'avertir par la voix de son tonnerre.
Puisse-t-il profiter de l'avertissement. Di-
tes-lui ce que je viens de vous dire, et
soyez béni pour l'aide que vous m'avez
donnée.

— Adieu !

Et, à ce mot, légère comme ces vapeurs qui flottent au-dessus des marais,
elle s'éloigna et disparut emportée par le
galop aérien de Djerid.

Le jeune homme en la voyant fuir ne

put retenir un cri de surprise et d'étonnement.

C'est ce cri qui avait retenti jusque dans
l'intérieur de la voiture, et qui avait donné
l'éveil au voyageur.

IV.

Gilbert.

C'était ce cri, avons-nous dit,-qui avait donné l'éveil au voyageur.

Il sortit précipitamment de la caisse, qu'il referma avec soin, et jeta avec in-quiétude les yeux autour de lui.

La première chose qu'il aperçut fut le

jeune homme debout et effaré. Un éclair
qui apparut en même temps lui permit
de l'examiner des pieds à la tête, examen
qui paraissait être habituel au voyageur,
lorsqu'un personnage nouveau ou une
chose nouvelle frappait son regard.

C'était un enfant de seize à dix-sept ans
à peine, petit, maigre et nerveux ; ses yeux
noirs, qu'il fixait hardiment sur l'objet qui
appelait son attention, manquaient de
douceur, mais non de charme ; son nez
mince et recourbé, sa lèvre fine et ses
pommettes saillantes, annonçaient l'as-
tuce et la circonspection, tandis que la
résolution se révélait en lui par la proé-

minence vigoureuse d'un menton arrondi.

— Est-ce vous qui avez crié tout à l'heure? lui demanda-t-il.

— Oui, monsieur, c'est moi, lui répondit le jeune homme.

— Et pourquoi avez-vous crié?

— Parce que...; le jeune homme s'arrêta irrésolu.

— Parce que? répéta le voyageur.

— Monsieur, dit le jeune homme, il y avait une dame dans le cabriolet?

— Oui.

Et les yeux de Balsamo se portèrent sur la caisse, comme s'ils eussent voulu percer l'épaisseur des parois.

— Il y avait un cheval attaché aux ressorts de la voiture?

— Oui, mais où diable est-il?

— Monsieur, la dame du cabriolet est partie sur le cheval qui était attaché aux ressorts.

Le voyageur ne poussa pas une exclamation, ne prononça point un mot, il bondit vers le cabriolet, tira les rideaux de cuir : un éclair qui incendiait le ciel en ce moment lui montra que le cabriolet était vide.

— Sang du Christ! s'écria-t-il avec un rugissement pareil au coup de tonnerre qui lui servait d'accompagnement; puis il regarda autour de lui comme pour chercher quelque moyen de se mettre à sa poursuite; mais il reconnut bientôt l'insuffisance de ces moyens.

— Essayer de rejoindre Djerid, reprit-il en secouant la tête, avec un de ces chevaux-là, autant voudrait envoyer la tortue à la poursuite de la gazelle... Mais je saurai toujours où elle est, à moins que...

Il porta vivement et avec anxiété la main à la poche de sa veste, en tira un petit portefeuille et l'ouvrit. Dans une des poches de ce portefeuille était un papier plié, et dans le papier une boucle de cheveux noirs.

A la vue de ces cheveux, la figure du voyageur se rasséréna, et tout son être se calma, du moins en apparence.

— Allons, dit-il en passant sur son front une main qui ruissela aussitôt de sueur, allons, c'est bien ; et elle ne vous a rien dit en partant ?

— Si fait, monsieur.

— Que vous a-t-elle dit ?

— De vous annoncer qu'elle ne vous quittait point par haine, mais par crainte ;

qu'elle était une digne chrétienne, tandis
que vous, au contraire...

Le jeune homme hésita.

— Tandis que moi, au contraire? répéta le voyageur.

— Je ne sais si je dois vous redire... fit
le jeune homme.

— Eh! redites, pardieu!

— Tandis que vous au contraire étiez
un athée et un mécréant, à qui Dieu avait
bien voulu donner ce soir un dernier avertissement, qu'elle l'avait compris, elle, cet
avertissement de Dieu, et qu'elle vous in-
vitait à le comprendre.

— Et c'est tout ce qu'elle vous a dit? demanda-t-il.

— C'est tout.

— Bien ; alors parlons d'autre chose.

Et les dernières traces d'inquiétude et de mécontentement parurent s'envoler du front du voyageur.

Le jeune homme regardait tous ces mouvements du cœur reflétés sur le visage avec une curiosité indiquant que lui aussi était doué d'une certaine dose d'observation.

— Maintenant, dit le voyageur, comment vous nommez-vous, mon jeune ami?

— Gilbert, monsieur,

— Gilbert tout court; mais c'est un nom de baptême, ce me semble.

— C'est mon nom de famille à moi.

— Eh bien! mon cher Gilbert, c'est la Providence qui vous place sur mon chemin pour me tirer d'embarras.

— A vos ordres, monsieur, et tout ce que je pourrai faire...

— Vous le ferez, merci. Oui, à votre âge, on oblige pour le plaisir d'obliger, je sais cela; d'ailleurs, ce que je vais vous demander n'est pas bien difficile : c'est purement et simplement de m'indiquer un abri pour cette nuit.

— Il y a d'abord cette roche, dit Gilbert, sous laquelle je m'étais mis à couvert de l'orage.

—Oui, dit le voyageur; mais j'aimerais mieux quelque chose comme une maison, où je trouverais un bon souper et un bon lit.

— Cela c'est plus difficile.

— Sommes-nous donc bien éloignés du premier village ?

— De Pierrefitte ?

— C'est Pierrefitte qu'il s'appelle ?

— Oui, monsieur, nous en sommes éloignés d'une lieue et demie à peu près.

— Une lieu et demie par cette nuit, par ce temps, avec ces deux chevaux seulement, nous en aurions pour deux heures. Voyons, mon ami, cherchez bien, n'y a-t-il donc aux environs d'ici aucune habitation?

— Il y a le château de Taverney, qui est à trois cents pas au plus.

— Eh bien! alors... fit le voyageur.

— Quoi, monsieur? demanda le jeune homme en ouvrant de grands yeux.

— Que ne disiez-vous cela tout de suite?

— Mais le château de Taverney n'est pas une auberge.

— Est-il habité?

— Sans doute.

— Par qui?

— Mais par le baron de Taverney.

— Qu'est-ce que c'est que le baron de Taverney?

— C'est le père de mademoiselle Andrée, monsieur.

— Cela me fait grand plaisir à savoir, dit en souriant le voyageur; mais je vous demandais quelle espèce d'homme est le baron?

— Monsieur, c'est un vieux seigneur de soixante à soixante-cinq ans, qui a été riche autrefois, à ce qu'on dit.

— Oui, et qui est pauvre maintenant; c'est leur histoire à tous. Mon ami, conduisez-moi chez le baron de Taverney, je vous prie.

— Chez le baron de Taverney? s'écria le jeune homme presque effrayé.

— Eh bien! refusez-vous de me rendre ce service?

— Non, monsieur; mais c'est que...

— Après.

— C'est qu'il ne vous recevra pas.

— Il ne recevra pas un gentilhomme égaré qui vient lui demander l'hospitalité? C'est donc un ours que votre baron ?

— Dam ! fit le jeune homme avec une intonation qui voulait dire :

Cela y ressemble beaucoup, monsieur.

— N'importe, dit le voyageur, je me risquerai.

— Je ne vous le conseille pas, répondit Gilbert.

— Bah ! répondit le voyageur. Si ours que soit votre baron , il ne me mangera pas vivant.

— Non ; mais peut-être vous fermera-t-il sa porte.

— Alors je l'enfoncerai; et à moins que vous ne refusiez de me servir de guide...

— Je ne refuse pas, monsieur.

— Montrez-moi donc le chemin.

— Volontiers.

Le voyageur remonta alors dans le cabriolet, et y prit une petite lanterne.

Le jeune homme espéra un instant, la lanterne étant éteinte, que l'étranger rentrerait dans l'intérieur de la voiture, et qu'il pourrait voir, par l'entre-bâillement

de la porte, ce que cet intérieur renfer-
mait.

Mais il ne s'approcha pas même de la
porte de la caisse.

Le voyageur mit la lanterne aux mains
de Gilbert.

Celui-ci la tourna et la retourna en tous
sens.

— Que voulez-vous que je fasse de cette
lanterne, monsieur? dit–il.

— Que vous éclairiez la route tandis
que je conduirai les chevaux.

— Mais elle est éteinte, votre lanterne.

— Nous allons la rallumer.

— Ah ! oui, dit Gilbert, vous avez du feu dans l'intérieur de la voiture.

— Et dans ma poche, répondit le voyageur.

— Ce sera difficile d'allumer de l'amadou par cette pluie-là.

Le voyageur sourit.

— Ouvrez la lanterne, dit–il.

Gilbert obéit.

— Mettez votre chapeau au-dessus de mes deux mains.

Gilbert obéit encore ; on le voyait suivre ces préparatifs avec la plus grande curiosité. Gilbert ne connaissait d'autre moyen de se procurer du feu que de battre le briquet.

Le voyageur tira de sa poche un étui d'argent et de cet étui une allumette; puis, ouvrant le bas de l'étui, il plongea cette allumette dans une pâte inflammable sans doute, car aussitôt l'allumette prit feu avec un léger petillement.

L'action fut si instantanée et si inattendue que Gilbert tressaillit.

Le voyageur sourit à cette surprise bien naturelle à une époque où quelques chimistes seulement connaissaient le phosphore, et gardaient ce secret pour leurs expériences personnelles.

Le voyageur communiqua la flamme magique à la mèche de sa bougie, puis il referma l'étui qu'il remit dans sa poche.

Le jeune homme suivait le précieux ré-cipient avec des yeux ardents de convoi-tise. Il était évident qu'il eût donné bien des choses pour être possesseur d'un pareil trésor.

— Maintenant que nous avons de la lu-mière, voulez-vous me conduire? de-manda le voyageur.

— Venez, monsieur, dit Gilbert.

Et le jeune homme marcha devant tandis que son compagnon, prenant le cheval au mors, le forçait d'avancer.

Au reste, le temps était devenu plus tolérable, la pluie avait à peu près cessé et l'orage s'éloignait en grondant.

Le voyageur éprouva le premier le besoin de reprendre la conversation.

— Vous paraissez bien connaître ce baron de Taverney, mon ami ? dit-il.

— Oui, monsieur, et c'est tout simple, car je suis chez lui depuis mon enfance.

— C'est votre parent, peut-être ?

— Non, monsieur.

— Votre tuteur ?

— Non.

— Votre maître ?

Le jeune homme tressaillit à ce mot de maître, et une vive rougeur colora ses joues ordinairement pâles.

— Je ne suis pas domestique, monsieur, dit-il.

— Mais enfin, reprit le voyageur, vous êtes quelque chose.

— Je suis le fils d'un ancien métayer du baron, ma mère a nourri mademoiselle Andrée.

—Je comprends; vous êtes dans la mai-

son à titre de frère de lait de cette jeune
personne, car je suppose que la fille du baron est jeune.

— Elle a seize ans, monsieur.

Sur les deux questions, comme on le
voit, Gilbert en escamotait une. C'était celle
qui lui était personnelle.

Le voyageur parut faire la même ré-
flexion que nous; cependant il dirigea
son interrogatoire vers un autre point.

— Par quel hasard étiez-vous sur la
route par un temps comme celui qu'il fait ?
demanda-t-il.

— Je n'étais pas sur la route, monsieur,

j'étais sous une roche qui longe le chemin.

— Et que faisiez-vous sous cette roche?

— Je lisais.

— Vous lisiez ?

— Oui.

— Et que lisiez-vous ?

— Le *Contrat social* de M. J. J. Rousseau.

Le voyageur regarda le jeune homme
avec un certain étonnement.

— Vous aviez pris ce livre dans la bibliothèque du baron? demanda-t-il.

— Non, monsieur, je l'ai acheté.

— Où cela ?... A Bar–le–Duc ?

— Non, monsieur, ici, à un colporteur qui passait : il passe comme cela depuis quelque temps dans la campagne beaucoup de colporteurs avec de bons livres.

— Qui vous a dit que le *Contrat social* était un bon livre ?

— Je l'ai vu en le lisant, monsieur.

— En avez-vous donc lu de mauvais, que vous puissiez établir cette différence ?

— Oui.

— Et qu'appelez–vous de mauvais livres ?

— Mais le *Sofa*, *Tanzaï et Neadarme*, et autres livres de cette espèce.

— Où diable avez-vous trouvé ces li-vres ?

— Dans la bibliothèque du baron.

— Par quel moyen le baron se procu-re-t-il ces nouveautés, dans un trou comme celui qu'il habite ?

— On les lui envoie de Paris.

— Comment, s'il est pauvre comme vous le dites, mon ami, le baron met-il son argent à de pareilles fadaises ?

— Il ne les achète pas, on les lui donne.

— Ah ! on les lui donne ?

— Oui, monsieur.

— Qui cela ?

— Un de ses amis, un grand seigneur.

— Un grand seigneur, savez-vous son nom à ce grand seigneur ?

— Il s'appelle le duc de Richelieu.

— Comment, le vieux maréchal !

— Oui, le maréchal, c'est cela.

— Et je présume qu'il ne laisse pas traîner de pareils livres devant mademoiselle Andrée.

— Au contraire, monsieur, il les laisse traîner partout.

— Mademoiselle Andrée est-elle de votre avis, que ces livres sont de mauvais livres? demanda en souriant narquoisement le voyageur.

—Mademoiselle Andrée ne les lit pas, monsieur, répondit sèchement Gilbert.

Le voyageur se tut un instant. Il était évident que cette singulière nature, mélange de bon et de mauvais, de vergogne et de hardiesse, l'intéressait malgré lui.

— Et pourquoi avez-vous lu ces livres, puisque vous saviez qu'ils étaient mauvais?

continua celui que le vieux savant avait désigné sous le nom d'Acharat.

— Parce qu'en les ouvrant j'ignorais leur valeur.

— Vous l'avez cependant facilement jugée.

— Oui, monsieur.

— Et vous avez continué de les lire, néanmoins?

— J'ai continué.

— Dans quel but?

— Ils m'apprenaient des choses que je ne savais pas.

— Et le Contrat social ?

— Il m'apprend des choses que j'avais devinées.

— Lesquelles ?

— C'est que tous les hommes sont frères, c'est que les sociétés sont mal organisées, qui ont des serfs ou des esclaves ; c'est qu'un jour tous les individus seront égaux.

— Ah ! ah ! fit le voyageur.

Il y eut un instant de silence pendant lequel Gilbert et son compagnon continuèrent de marcher ; le voyageur tirant le cheval par la bride, Gilbert tenant la lanterne à sa main.

— Vous avez donc bien envie d'apprendre, mon ami? dit tout bas le voyageur.

— Oui, monsieur, c'est mon plus grand
désir.

— Et que voudriez-vous apprendre,
voyons?

— Tout, dit le jeune homme.

— Et pourquoi voulez-vous apprendre?

— Pour m'élever.

— Jusqu'où?

Gilbert hésita. — Il était évident qu'il
avait un but dans sa pensée; mais ce but,
c'était sans doute son secret, et il ne voulait pas le dire.

— Jusqu'où l'homme peut atteindre, répondit-il.

— Mais au moins, avez-vous étudié quelque chose ?

— Rien. — Comment voulez-vous que j'étudie, n'étant pas riche et habitant Ta-verney ?

— Comment ! vous ne savez pas un peu de mathématiques ?

— Non.

— De physique ?

— Non.

— De chimie ?

— Non. Je sais lire et écrire, voilà tout; mais je saurai tout cela.

— Quand?

— Un jour.

— Par quel moyen?

— Je l'ignore; mais je le saurai.

— Singulier enfant! murmura le voyageur.

— Et alors... murmura Gilbert se parlant à lui-même.

— Alors?

— Oui.

— Quoi?

— Rien.

Cependant Gilbert et celui auquel il servait de guide marchaient depuis un quart d'heure à peu près ; la pluie avait tout à fait cessé, et la terre commençait même à exhaler cet âpre parfum qui remplace au printemps les brûlantes émanations de l'orage.

Gilbert semblait réfléchir profondément.

— Monsieur, dit-il tout à coup, savez-vous ce que c'est que l'orage ?

— Sans doute, je le sais.

— Vous ?

— Oui, moi.

— Vous savez ce que c'est que l'orage ? vous savez ce qui cause la foudre ?

Le voyageur sourit.

— C'est la combinaison des deux électricités, dit-il, l'électricité du nuage et
l'électricité du sol.

Gilbert poussa un soupir.

— Je ne comprends pas, dit-il.

Peut-être le voyageur allait-il donner
au pauvre jeune homme une explication
plus compréhensible, mais malheureusement, en ce moment même, une lumière
brilla à travers le feuillage.

—Ah!.ah! fit l'inconnu, qu'est-ce que
cela ?

— C'est Taverney.

— Nous sommes donc arrivés?

— Voici la porte charretière.

—Ouvrez-la.

— Oh ! monsieur, la porte de Taverney
ne s'ouvre pas comme cela.

— Mais c'est donc une place de guerre
que votre Taverney; voyons, frappez.

Gilbert s'approcha de la porte, et avec
l'hésitation de la timidité, il frappa un
coup.

— Oh ! oh ! dit le voyageur, on ne vous
entendra jamais, mon ami; frappez plus
fort.

En effet, rien n'indiquait que l'appel de

Gilbert eût été entendu. Tout restait dans
le silence.

— Vous prenez la chose sur vous? dit
Gilbert.

— N'ayez pas peur.

Gilbert n'hésita plus; il quitta le marteau
et se pendit à la sonnette, qui rendit un
son tellement éclatant qu'on eût pu l'entendre d'une lieue.

— Ma foi! si votre baron n'a pas entendu cette fois, il faut qu'il soit sourd, dit
le voyageur.

— Ah! voilà Mahon qui aboie, dit le
jeune homme.

— Mahon ! reprit le voyageur ; c'est sans doute une galanterie de votre baron en faveur de son ami le duc de Richelieu.

— Je ne sais pas, monsieur, ce que vous voulez dire.

— Mahon est la dernière conquête du maréchal.

Gilbert poussa un second soupir.

— Hélas ! monsieur, je vous l'ai déjà avoué, je ne sais rien, dit-il.

Ces deux soupirs résumaient pour l'étranger une série de souffrances cachées et d'ambitions comprimées sinon déçues.

En ce moment un bruit de pas se fit entendre.

— Enfin, dit l'étranger.

— C'est le bonhomme La Brie, dit Gilbert.

La porte s'ouvrit; mais à l'aspect de
l'étranger et de sa voiture étrange, La Brie,
pris à l'improviste et qui croyait ouvrir à
Gilbert seulement, voulut refermer la
porte.

— Pardon, pardon, l'ami, dit le voyageur; mais c'est bien ici que nous venons;
il ne faut donc point nous jeter la porte au
nez.

— Cependant, monsieur, je dois prévenir monsieur le baron qu'une visite inattendue...

— Ce n'est pas la peine de le prévenir, croyez-moi. Je risquerai sa mauvaise mine, et si l'on me chasse, ce ne sera, je vous en réponds, qu'après que je me serai réchauffé, séché, repu. J'ai entendu dire que le vin était bon par ici ; vous devez en savoir quelque chose, hein?

La Brie, au lieu de répondre à l'interrogation, essaya de résister ; mais c'était un parti pris de la part du voyageur, et il fit avancer les deux chevaux et la voiture dans l'avenue, tandis que Gilbert refermait la porte, ce qui fut fait en un clin d'œil. La Brie alors, se voyant vaincu, prit le parti d'aller annoncer lui-même sa défaite ; et prenant, ses vieilles jambes à son cou, il s'élança vers la maison en criant de toute la force de ses poumons :

— Nicole Legay ! Nicole Legay !

— Qu'est-ce que Nicole Legay ? demanda l'étranger, continuant de s'avancer vers le château avec la même tranquillité.

— Nicolè, monsieur ? reprit Gilbert avec un léger tremblement.

— Oûi, Nicole, celle qu'appelle maître La Brie.

— C'est la femme de chambre de mademoiselle Andrée, monsieur.

Cependant aux cris de La Brie, une

lumière apparut sous les arbres, éclairant une charmante figure de jeune fille.

— Que me veux–tu, La Brie, demanda-t-elle, et pourquoi tout ce tapage ?

— Vite, Nicole, vite, cria la voix chevrotante du vieillard ; va annoncer à monsieur qu'un étranger, surpris par l'orage, lui demande l'hospitalité pour cette nuit.

Nicole ne se le fit point répéter, et elle s'élança si légèrement vers le château, qu'en un instant on l'eut perdue de vue.

Quant à La Brie, certain maintenant que le baron ne serait pas pris à l'improviste, il se permit un instant de reprendre haleine.

Bientôt le message produisit son effet, car on entendit une voix aigre et impérieuse qui, du seuil de la porte, et du haut du perron, entrevu sous les acacias, répétait d'un ton peu hospitalier :

— Un étranger... Qui cela? Quand on se présente chez les gens on se nomme au moins.

— C'est le baron ? demanda à La Brie celui qui causait tout ce dérangement.

— Hélas ! oui, monsieur, répondit le pauvre homme tout contrit ; vous entendez ce qu'il demande ?

— Il demande mon nom... n'est-ce pas?

— Justement. Et moi qui ai oublié de vous le demander, à vous.

— Annoncez le baron Joseph de Balsamo, dit le voyageur; la similitude du titre désarmera peut-être ton maître.

La Brie fit son annonce, un peu enhardi par le titre que venait de s'attribuer l'inconnu:

— C'est bien, alors, grommela la voix; qu'il entre, puisque le voilà... Entrez, monsieur, s'il vous plaît : là... bon ; par ici...

L'étranger s'avança d'un pas rapide; mais en arrivant à la première marche du perron, il lui prit l'envie de se retourner pour voir s'il était suivi de Gilbert.

Gilbert avait disparu.

V

Le baron de Taverney.

Tout prévenu qu'il était par Gilbert de la pénurie du baron de Taverney, celui qui venait de se faire annoncer sous le nom du baron Joseph de Balsamo n'en fut pas moins étonné en voyant la médiocrité de la demeure baptisée emphatiquement, par Gilbert, du nom de château.

La maison n'avait guère qu'un étage
formant un carré long, aux extrémités duquel s'élevaient deux pavillons carrés en
forme de tourelles. Cet ensemble irrégu-
lier ne manquait pas cependant, vu à la
pâle lueur d'une lune glissant entre des
nuages déchirés par l'ouragan, d'un certain agrément pittoresque.

Six fenêtres par bas, deux fenêtres à
chaque tourelle, c'est-à-dire une par étage,
un perron assez large, mais dont les marches disloquées formaient de petits préci-
pices à chaque jointure, tel fut l'ensemble
qui frappa le nouvel arrivant avant de monter jusqu'au seuil, où, ainsi que nous l'a-

vons dit, attendait le baron en robe de chambre, un bougeoir à la main.

Le baron de Taverney était un petit vieillard de soixante à soixante-cinq ans, à l'œil vif, au front élevé, mais fuyant ; il était coiffé d'une mauvaise perruque dont les bougies de la cheminée avaient peu à peu et accidentellement dévoré tout ce que les rats de l'armoire avaient épargné de boucles. Il tenait en main une serviette d'une blancheur problématique; ce qui indiquait qu'il avait été dérangé au moment où il allait se mettre à table.

Sa figure malicieuse, à laquelle on eût pu trouver quelque ressemblance avec

celle de Voltaire, s'animait en ce moment
d'une double expression facile à saisir ; la
politesse voulait qu'il sourît à son hôte inconnu ; l'impatience changeait cette dispo-
sition en une grimace dont la signification
tournait décidément à l'atrabilaire et au
rechigné, de sorte qu'éclairée par les lueurs
tremblantes du bougeoir, dont les ombres
hachaient les principaux traits, la physionomie du baron de Taverney pouvait passer pour celle d'un très-laid seigneur.

— Monsieur, dit-il, puis-je savoir à
quel heureux hasard je dois le plaisir de.
vous voir ?

— Mais, monsieur, à l'orage qui a effrayé les chevaux, lesquels, en s'emportant, ont failli briser ma voiture. J'étais donc là sur la grande route, sans postillons : l'un s'était laissé tomber de cheval, l'autre s'était sauvé avec le sien, lorsqu'un jeune homme que j'ai rencontré m'a indiqué le chemin qui conduisait à votre château, en me rassurant sur votre hospitalité bien connue.

Le baron leva son bougeoir pour éclairer un plus large espace de terrain, et pour voir si, dans cet espace, il découvrirait le maladroit qui lui valait cet heureux hasard dont il parlait tout à l'heure.

De son côté, le voyageur chercha au-

tour de lui pour voir si bien décidément
son jeune guide s'était retiré.

— Et savez-vous comment se nomme
celui qui vous a indiqué mon château,
monsieur ? demanda le baron de Taverney
en homme qui veut savoir à qui exprimer
sa reconnaissance.

— Mais c'est un jeune homme qui s'appelle, je crois, Gilbert.

— Ah ! ah ! Gilbert ; je n'aurais pas cru
qu'il fût bon même à cela. Ah ! c'est le
fainéant Gilbert, le philosophe Gilbert !

A ce flux d'épithètes, accentuées d'une
menaçante façon, le visiteur comprit qu'il

existait peu de sympathie entre le seigneur
suzerain et son vassal.

— Enfin, dit le baron, après un moment de silence non moins expressif que
ses paroles, veuillez entrer, monsieur.

— Permettez d'abord, monsieur, dit le
voyageur, que je fasse remiser ma voiture,
qui contient des objets assez précieux.

— La Brie ! cria le baron, La Brie !
conduisez la voiture de M. le baron sous
le hangar ; elle y sera un peu plus à couvert qu'au milieu de la cour, attendu qu'il
y a encore beaucoup d'endroits où il reste
des lattes ; quant aux chevaux, c'est autre

chose, je ne vous réponds pas qu'ils trouvent à souper ; mais, comme ils ne sont point à vous et qu'ils sont au maître de poste, cela vous doit être à peu près égal.

— Cependant, monsieur, dit le voyageur impatient, si je vous gêne par trop, comme je commence à le croire...

— Oh ! ce n'est pas cela, monsieur, interrompit poliment le baron, vous ne me gênez point ; seulement vous serez gêné, vous, je vous en préviens.

— Monsieur, croyez que je vous serai toujours reconnaissant.

— Oh ! je ne me fais pas d'illusion !

monsieur, dit le baron en levant de nouveau son bougeoir pour étendre le cercle
de lumière du côté où Joseph Balsamo,
aidé de La Brie, conduisait sa voiture et en
haussant la voix à mesure que son hôte
s'éloignait; — oh! je ne me fais pas
d'illusion, Taverney est un triste séjour et
un pauvre séjour surtout.

Le voyageur était trop occupé pour répondre; il choisissait, comme l'y avait
invité le baron de Taverney, l'endroit le
moins délabré du hangar pour y abriter sa
voiture, et, quand elle fut à peu près à
couvert, il glissa un louis dans la main de
La Brie, et revint près du baron.

La Brie mit le louis dans sa poche, convaincu que c'était une pièce de vingt-quatre sous, et remerciant le ciel de l'aubaine.

— A Dieu ne plaise que je pense de votre château le mal que vous en dites, monsieur, répondit Basalmo en s'inclinant devant le baron, qui, comme seule preuve qu'il lui avait dit la vérité, le conduisit, en secouant la tête, à travers une large et humide antichambre en grommelant.

— Bon, bon, je sais ce que je dis; je connais malheureusement mes ressources, elles sont fort bornées. Si vous êtes Fran-

çais, monsieur le baron ; mais votre accent allemand m'indique que vous ne l'êtes
pas, quoique votre nom italien.... Mais
cela ne fait rien à la chose ; si vous êtes
Français, disais-je, ce nom de Taverney
vous eût rappelé des souvenirs de luxe :
on disait autrefois Taverney-le-Riche.

Balsamo pensait d'abord que cette phrase
allait se terminer par un soupir, mais il
n'en fut rien.

— De la philosophie, pensa-t-il.

— Par ici, monsieur le baron, par ici,
continua le baron en ouvrant la porte de
la salle à manger. — Holà, maître La

Brie, servez-nous comme si vous étiez cent valets de pied à vous tout seul.

La Brie se précipita pour obéir à son maître.

— Je n'ai que ce laquais, Monsieur, dit Taverney, et il me sert bien mal. Mais je n'ai pas le moyen d'en avoir un autre. Cet imbécile est resté avec moi depuis près de vingt ans sans avoir touché un sou de gage, et je le nourris..... à peu près comme il me sert..... Il est stupide, vous verrez !

Balsamo poursuivait le cours de ses études.

— Sans cœur! dit-il; mais, au reste, peut-être n'est-ce que de l'affectation.

Le baron referma la porte de la salle à manger, et seulement alors, grâce à son bougeoir qu'il élevait au-dessus de sa tête, le voyageur put embrasser la salle dans toute son étendue.

C'était une grande salle basse qui avait été autrefois la pièce principale d'une petite ferme élevée par son propriétaire au rang de château, laquelle était si chichement meublée, qu'au premier coup d'œil elle semblait vide. Des chaises de paille à dos sculpté, des gravures, d'après les batailles de Lebrun, encadrées de bois noir

verni, une armoire de chêne noircie par
la fumée et la vieillesse, voilà pour l'orne-
ment. Au milieu s'élevait une petite table
ronde sur laquelle fumait un unique plat
qui se composait de perdreaux et de choux.
Le vin était renfermé dans une bouteille
de grès à large ventre ; l'argenterie, usée,
noircie, bosselée, se composait de trois
couverts, d'un gobelet et d'une salière.
Cette dernière pièce, d'un travail exquis et
d'une grande pesanteur, semblait un diamant de prix au milieu de cailloux sans
valeur et sans éclat.

— Voilà, monsieur, voilà, dit le baron
en offrant un siége à son hôte dont il avait

suivi le coup d'œil investigateur. Ah! votre regard s'arrête sur ma salière; vous
l'admirez, c'est de bon goût; c'est poli;
car vous tombez sur la seule chose qui soit
présentable ici. Monsieur, je vous remercie, et de tout mon cœur; mais non, je me
trompe. J'ai encore quelque chose de précieux,
par ma foi! et c'est ma fille.

— Mademoiselle Andrée, dit Balsamo.

— Ma foi, oui, mademoiselle Andrée,
dit le baron étonné que son hôte fût si bien
instruit, et je veux vous présenter à elle.
Andrée! Andrée! viens, mon enfant, n'aie
pas peur.

— Je n'ai pas peur, mon père, répondit

d'une voix douce et sonore à la fois une grande et belle personne qui se présenta à la porte sans embarras et pourtant sans hardiesse.

Joseph Balsamo, quoique profondément maître de lui, comme on a déjà pu le voir, ne put cependant s'empêcher de s'incliner devant cette souveraine beauté.

En effet, Andrée de Taverney, qui venait d'apparaître comme pour dorer et enrichir tout ce qui l'entourait, avait des cheveux d'un blond châtain qui s'éclairaient aux tempes et au cou; ses yeux noirs, limpides, largement dilatés, regardaient fixement, comme les yeux des ai-

gles. Cependant, la suavité de son regard
était inexprimable ; sa bouche vermeille se
découpait capricieusement en arc, d'un
corail humide et brillant ; d'admirables
mains blanches, effilées, d'un dessin antique, s'attachaient à des bras éblouissants de
forme et d'éclat ; sa taille, à la fois souple
et ferme, semblait celle d'une belle statue
païenne, à laquelle un prodige eût donné
la vie ; son pied, dont la cambrure eût été
remarquable près de celui de Diane chas-
seresse, semblait ne pouvoir porter le poids
de son corps que par un miracle d'équili-
bre ; enfin, sa mise, quoique de la plus
grande simplicité, était d'un goût si par—
fait et si bien approprié à tout l'ensemble

de sa personne, qu'un habillement complet tiré de la garde-robe de la reine eût
peut-être, au premier abord, semblé moins
élégant et moins riche que son simple vê-
tement.

Tous ces détails merveilleux frappèrent,
au premier coup d'œil Balsamo; il avait
tout vu, tout remarqué, du moment où
mademoiselle de Taverney était entrée
dans la salle à manger jusqu'au moment
où il l'avait saluée, et, de son côté, le baron n'avait perdu une seule des impressions produites sur son hôte par cet assem-
blage unique de perfections.

— Vous avez raison, dit à voix basse

Balsamo **en** se retournant vers son hôte,
mademoiselle est d'une précieuse beauté.

— Ne lui faites pas trop de compliments à cette pauvre Andrée, monsieur,
dit négligemment le baron ; elle sort du
couvent, et elle croirait à ce que vous lui
dites. Ce n'est pas, ajouta-t-il, que je re-
doute sa coquetterie ; au contraire, la chère
enfant n'est pas assez coquette, monsieur,
et, en bon père, je m'applique à dévelop-
per en elle cette qualité qui fait la première force de la femme.

Andrée baissa les yeux et rougit. Quelque bonne volonté qu'elle y mît, elle n'a-
vait pu faire autrement que d'entendre

cette singulière théorie émise par son père.

— Disait-on cela à mademoiselle lorsqu'elle était au couvent? demanda en riant Joseph Balsamo au baron, et cette prescription faisait-elle partie de l'enseignement donné par les religieuses?

— Monsieur, reprit le baron, j'ai mes idées à moi, comme vous avez peut-être déjà pu le voir.

Balsamo s'inclina en signe qu'il adhérait complétement à cette prétention du baron.

— Non, continua-t-il, je ne veux pas

imiter, moi, ces pères de famille qui disent
à leur fille : sois prude, inflexible, aveugle ; enivre-toi d'honneur, de délicatesse
et de désintéressement ! Les imbéciles ! Il
me semble voir des parrains conduisant
leur champion dans la lice, après l'avoir
désarmé de toutes pièces, pour lui faire
combattre un adversaire armé de pied en
cap. Non, pardieu ! il n'en sera pas ainsi de
ma fille Andrée, bien qu'élevée à Taverney dans un trou provincial.

Quoique de l'avis du baron sur la dési-
gnation donnée à son château, Balsamo
crut devoir mimer une contradiction polie.

— Bon, bon, reprit le vieillard, répon-

dant au jeu de physionomie de Balsamo,
bon, je connais Taverney, vous dis-je ;
mais, quoi qu'il en soit, et si éloigné que
nous nous trouvions de ce soleil resplen-
dissant qu'on appelle Versailles, ma fille
connaîtra le monde, que j'ai si bien connu
autrefois moi-même ; elle y entrera... si
elle y entre jamais, avec un arsenal complet, que je lui forge à l'aide de mon ex-
périence et de mes souvenirs... Mais,
monsieur, je dois vous l'avouer, oui, le
couvent a gâté tout cela... Ma fille, ces
choses-là ne sont faites que pour moi,
ma fille est la première pensionnaire
qui a pris le bon de l'enseignement et
suivi la lettre de l'Evangile. Corbleu !

convenez que c'est jouer de malheur,
baron !

— Mademoiselle est un ange, répondit
Balsamo, et, en vérité, monsieur, ce que
vous me dites ne me surprend pas.

Andrée salua le baron en signe de re-
mercîment et de sympathie, puis elle s'assit, comme le lui ordonnait son père par
un signe des yeux.

— Asseyez-vous, baron, dit Taverney,
et si vous avez faim, mangez. C'est un
horrible ragoût que cet animal de La Brie
a fricassé.

— Des perdreaux ! vous appelez cela un

abominable ragoût? dit en souriant l'hôte du baron, mais vous calomniez votre table. Des perdreaux en mai! Ils sont donc de vos terres?

— Des terres à moi! Il y a longtemps que tout ce que j'en avais, et je dois dire que mon bonhomme de père m'en avait laissé une certaine quantité, il y a long-temps, dis-je, que tout ce que j'en avais est vendu, mangé, digéré. Oh! mon Dieu! non, grâce au ciel, je n'en ai plus un pouce de terre, non. C'est ce fainéant de Gilbert, qui n'est bon à rien qu'à lire et rêvasser, et qui, dans ses moments perdus, aura volé, je ne sais où, un fusil, de la poudre

et du plomb, et qui va tuer ces volatiles
en braconnant sur les terres de mes voisins. Il ira aux galères, et, bien certainement, je l'y laisserai aller, car cela me
débarrassera de lui. Mais Andrée aime le
gibier, ce qui fait que je pardonne à mons
Gilbert.

Balsamo examina le beau visage d'Andrée, et n'y découvrit pas un pli, pas un
tressaillement, pas une ombre de rougeur.

Il s'assit à table entre elle et le comte,
et elle lui servit, sans paraître le moins du
monde embarrassée de la pénurie de la
table, sa portion de ce plat fourni par

Gilbert, assaisonné par La Brie, et que dé-
préciait si fort le baron.

Pendant ce temps, le pauvre La Brie,
qui ne perdait pas un mot des éloges que
Balsamo donnait à lui et à Gilbert, offrait
des assiettes avec une mine contrite qui de-
venait triomphante à chaque louange que
le baron croyait devoir donner aux assai-
sonnements.

— Il n'a pas seulement salé son affreux
ragoût! s'écria le baron après avoir dévoré
deux ailes de perdreau que sa fille avait
placées sur son assiette au milieu d'une
onctueuse couche de choux. — Andrée,
passez donc la salière à monsieur le baron.

Andrée obéit en étendant le bras avec une grâce parfaite.

— Ah! je vous prends à admirer encore ma salière, baron, dit Taverney.

— Pour cette fois, vous vous trompez, monsieur, reprit Balsamo; c'est la main de mademoiselle que j'admirais.

— Ah! parfait! c'est du Richelieu tout pur! Mais puisque vous la tenez, baron, cette fameuse salière, que vous avez reconnue tout de suite pour ce qu'elle est, regardez-la! elle fut commandée par le Régent à Lucas l'orfèvre. Ce sont des amours de satyres et de bacchantes; c'est libre, mais c'est joli.

Balsamo remarqua seulement alors que le groupe de figures, charmant de travail et précieux d'exécution, était non pas libre, mais obscène. Cette vue le porta à admirer le calme et l'indifférence d'Andrée, qui, à l'ordre de son père, lui avait présenté la salière sans sourciller, et qui continuait de manger sans rougir.

Mais comme si le baron eût pris à tâche d'écailler ce vernis d'innocence, qui, pareil à la robe virginale dont parle l'Écriture, recouvrait toute la personne de sa fille, il continua de détailler les beautés de son orfévrerie, malgré les efforts de Balsamo pour détourner la conversation.

— Ah ça, mangez, baron, dit Taverney, car il n'y a que ce plat, je vous en avertis. Peut-être vous figurez-vous que le rôt va venir, et que les entremets attendent ; détrompez-vous, car vous seriez horriblement désappointé.

— Pardon, monsieur, dit Andrée avec sa froideur ordinaire ; mais si Nicole m'a bien comprise, elle doit avoir commencé un *tôt-fait* dont je lui ai appris la recette.

— La recette ! Vous avez appris la recette d'un plat à Nicole Legay, à votre femme de chambre ! votre femme de chambre fait la cuisine ! il ne manquerait plus qu'une chose, c'est que vous la fissiez vous-

même. Est-ce que la duchesse de Château-
roux ou la marquise de Pompadour faisaient la cuisine au roi? C'était, au contraire, le roi qui leur faisait les omelet-
tes... Jour de Dieu! que je voie les femmes
faire la cuisine chez moi!... Baron, excu-
sez ma fille, je vous en supplie.

— Mais, mon père, il faut bien qu'on
mange, dit tranquillement Andrée.

— Voyons, Legay, ajouta-t-elle d'une
voix plus haute, est-ce fait?

— Oui, mademoiselle, répondit la jeune
fille, qui apportait un plat de la plus appé-
tissante odeur.

— Je sais bien qui ne mangera pas de ce plat-là, dit Taverney furieux en brisant son assiette.

— Monsieur en mangera peut-être, dit froidement Andrée. Puis se tournant vers son père :

— Vous savez, monsieur, que vous n'avez plus que dix-sept assiettes de ce service qui me vient de ma mère.

Cela dit, elle trancha le gâteau fumant que Nicole Legay, la jolie chambrière, venait de poser sur la table.

VI

Andrée de Taverney.

L'esprit d'observation de Joseph Balsamo trouvait une ample pâture dans chaque détail de cette existence étrange et
isolée, perdue dans un coin de la Lor-
raine.

La salière seule lui révélait tout une face

du caractère du baron , de Taverney, ou plutôt son caractère sous toutes ses faces.

Aussi, ce fut en appelant à son aide sa plus délicate pénétration qu'il interrogea les traits d'Andrée au moment où elle effleura du bout de son couteau ces figures d'argent qui semblaient échappées d'un de ces repas nocturnes du Régent, à la suite desquels Canillac avait la charge d'éteindre les bougies.

Soit curiosité, soit qu'il fût mû par un autre sentiment, Balsamo considérait Andrée avec une telle persévérance, que deux ou trois fois, en moins de dix minutes, les regards de la jeune fille durent rencontrer les siens. D'abord, la pure et chaste créature soutint ce regard singulier sans confusion ; mais enfin sa fixité devint telle, tandis que le baron déchiquetait du bout de son couteau le chef-d'œuvre de Nicolle, qu'une impatience fébrile, qui lui fit monter le sang aux joues, commença de s'emparer d'elle. Bientôt, se sentant troublée sous ce regard presque surhumain, elle essaya de le braver, et ce fut elle, à son tour, qui regarda le baron de son grand œil clair et dilaté. Mais, cette fois encore, elle dut céder, et sa paupière, inondée du fluide magnétique que projetait l'œil ardent de son hôte, s'abaissa lourde et crain-

tive, pour ne plus se lever qu'avec hésitation.

Cependant, tandis que cette lutte muette
s'établissait entre la jeune fille et le mystérieux voyageur, le baron grondait, riait et
maugréait, jurait en vrai seigneur cam-
pagnard, et pinçait le bras de La Brie qui,
malheureusement pour lui, se trouvait à
sa portée dans un moment où son irrita-
tion nerveuse lui faisait éprouver le besoin
de pincer quelque chose.

Il allait sans doute en faire autant à Nicolle, quand les yeux du baron, pour la
première fois sans doute, se portèrent sur
les mains de la jeune femme de chambre.

Le baron adorait les belles mains, c'é-
tait pour de belles mains qu'il avait fait
toutes ses folies de jeunesse.

— Voyez donc, dit-il, quels jolis doigts
a cette drôlesse! Comme l'ongle s'effile,
comme il se recourberait sur la peau, ce
qui est une beauté suprême, si le bois qu'on
-fend, si les bouteilles qu'on rince, si les cas-
seroles qu'on récure n'usaient affreusement
la corne, car c'est de la corne que vous
avez au bout des doigts, mademoiselle
Nicolle.

Nicolle, peu habituée aux compliments
du baron, le regardait avec un demi-sou-

rire, où l'étonnement avait plus de part
encore que l'orgueil.

— Oui, oui, dit le baron, qui s'aperçut
de ce qui se passait dans le cœur de la coquette jeune fille, — Fais la roue, je te le
conseille. — Oh! c'est que je vous dirai,
mon cher hôte, que mademoiselle Nicolle
Legay ici présente n'est point une prude
comme sa maîtresse et qu'un compliment
ne lui fait pas peur.

Les yeux de Balsamo se portèrent vivement sur la fille du baron, et il vit luire
le dédain le plus suprême sur le beau visage d'Andrée. Alors il trouva convenable
d'harmonier sa figure avec celle de la fière

enfant ; celle-ci le remarqua, et lui en sut
gré sans doute, car elle le regarda, avec
moins de dureté ou plutôt avec moins d'inquiétude qu'elle n'avait fait jusque-là .

— Croiriez-vous, monsieur, continua
le baron en passant le dos de sa main sous
le menton de Nicolle, qu'il paraissait décidé à trouver charmante ce soir-là, croiriez-vous que cette donzelle arrive du couvent comme ma fille et a presque reçu de
l'éducation. Aussi mademoiselle Nicolle
ne quitte pas sa maîtresse un seul instant.
C'est un dévouement qui ferait sourire de
joie messieurs les philosophes qui préten-
dent que ces espèces-là ont des âmes.

— Monsieur, dit Andrée mécontente,
ce n'est point par dévouement que Nicolle
ne me quitte point ; c'est parce que je lui
ordonne de ne pas me quitter.

Balsamo leva les yeux sur Nicolle pour
voir l'effet que feraient sur elle ces paroles
de sa maîtresse, fières jusqu'à l'insolence,
et il vit, à la crispation de ses lèvres, que
la jeune fille n'était point insensible aux
humiliations qui ressortaient de son état de
domesticité.

Cependant, cette expression passa
comme un éclair sur le visage de la chambrière ; car, en se détournant pour cacher

une larme sans doute, ses yeux se fixèrent
sur une fenêtre de la salle à manger qui
donnait sur la cour. Tout intéressait Balsamo, qui semblait chercher quelque chose
de son côté au milieu des personnages
parmi lesquels il venait d'être introduit;
tout intéressait Balsamo, disons-nous, son
regard suivit donc le regard de Nicolle, et
il lui sembla, à cette fenêtre, objet de l'attention de Nicolle, voir apparaître un visage d'homme.

— En vérité, pensa-t-il, tout est curieux dans cette maison, chacun a son
mystère, et j'espère ne pas être une heure
sans connaître celui de mademoiselle An-

drée. Je connais déjà celui du baron, et je devine celui de Nicolle.

Il avait eu un moment d'absence, mais si court qu'eût été ce moment, le baron s'en aperçut.

— Vous rêvez aussi, vous, dit-il ; bon ! vous devriez au moins attendre à cette nuit, mon cher hôte. La rêverie est contagieuse, et c'est une maladie qui se gagne ici, à ce qu'il me semble. Comptons les rêveurs. Nous avons d'abord mademoiselle Andrée qui rêve ; puis nous avons ensuite mademoiselle Nicolle qui rêve ; puis enfin je vois rêver à tout moment ce fainéant qui a tué ces perdreaux, qui

rêvaient peut-être aussi quand il les a
tués...

— Gilbert? demanda Balsamo.

— Oui ! un philosophe comme M. La
Brie. A propos de philosophes, est-ce que
vous êtes de leurs amis, par hasard ? Oh !
je vous en préviens alors, vous ne serez
pas des miens...

— Non, monsieur, je ne suis ni bien
ni mal avec eux; je n'en connais pas, répondit Balsamo.

— Tant mieux, ventrebleu ! Ce sont de
vilains animaux plus venimeux encore qu'ils ne sont laids. Ils perdent la

monarchie avec leurs maximes ! On ne
rit plus en France, on lit, et que lit-on
encore ? Des phrases comme celle-ci :
Sous un gouvernement monarchique il
est très-difficile que le peuple soit ver-
tueux (1) ; ou bien : *La vraie monarchie*
n'est qu'une constitution imaginée pour
corrompre les mœurs des peuples et les as-
servir (2) ; ou bien encore : *Si l'autorité*
des rois vient de Dieu, c'est comme les
maladies et les fléaux du genre hu-
main (3). Comme tout cela est récréatif !
Un peuple vertueux ! à quoi servirait-il ?
je vous le demande. Ah ! tout va mal,

(1) Montesquieu.
(2) Helvétius.
(3) Jean-Jacques Rousseau.

voyez-vous, et cela depuis que Sa Majesté
a parlé à M. de Voltaire et a lu les livres
de M. Diderot.

En ce moment, Balsamo crut encore
voir la même figure pâlissante apparaître
derrière les vitres. Mais cette figure
disparut aussitôt qu'il fixa ses yeux
sur elle.

— Mademoiselle serait-elle philosophe?
demanda en souriant Balsamo.

— Je ne sais pas ce que c'est que la
philosophie, répondit Andrée. Je sais seulement que j'aime ce qui est sérieux.

— Eh! mademoiselle! s'écria le baron.

rien n'est plus sérieux, à mon avis, que de bien vivre; aimez donc cela.

— Mais mademoiselle ne hait point la vie, à ce qu'il me semble? demanda Balsamo.

— Cela dépend, monsieur, répliqua Andrée.

— Voilà encore un mot stupide, dit le baron.

— Eh bien! croiriez-vous, monsieur, qu'il m'a déjà été répondu lettre pour lettre par mon fils.

— Vous avez un fils, mon cher hôte? demanda Balsamo.

— Oh ! mon Dieu, oui, j'ai ce malheur;
un vicomte de Taverney, lieutenant aux
gendarmes.Dauphin, un excellent sujet !...

' Le baron prononça ces trois derniers
mots en serrant les dents comme s'il eût
voulu en mâcher chaque lettre.

— Je vous en félicite, monsieur, dit
Balsamo en s'inclinant.

— Oui, répondit le vieillard, encore
un philosophe. Cela fait hausser les épau-
les, parole d'honneur. Ne me parlait-il
pas, l'autre jour, d'affranchir les nègres.
— Et le sucre ! ai-je fait. J'aime mon
café fort sucré, moi, et le roi Louis XV

aussi. — Monsieur, a-t-il répondu, plutôt se passer de sucre que de voir souffrir
une race... — Une race de singes, ai-je
dit, et encore je leur faisais bien de l'honneur. Savez-vous ce qu'il a prétendu ? foi
de gentilhomme, il faut qu'il y ait quelque chose dans l'air qui leur tourne la tête,
il a prétendu que tous les hommes étaient
frères ! Moi, le frère d'un Mozambique !

— Oh ! fit Balsamo ; c'est aller bien
loin.

— Hein ! qu'en dites-vous ; j'ai de la
chance, n'est-ce pas, avec mes deux enfants, et l'on ne dira pas de moi que je
revis dans ma progéniture. La sœur est

un ange et le frère un apôtre ! Buvez donc,
monsieur... Mon vin est détestable.

— Je le trouve exquis, dit Balsamo en
regardant Andrée.

— Alors, vous êtes philosophe aussi,
vous !... Ah ! prenez garde, je vous ferai
faire un sermon par ma fille. Mais non,
les philosophes n'ont pas de religion. C'é-
tait cependant bien commode, mon Dieu,
d'avoir de la religion : on croyait en Dieu
et au roi, tout était dit. Aujourd'hui, pour
ne croire ni à l'un ni à l'autre, il faut apprendre trop de choses et lire trop de livres ; j'aime mieux ne jamais douter. De
mon temps, on n'apprenait que des choses

agréables, au moins , on s'étudiait à bien
jouer au pharaon, au biribi ou au passe-
dix ; on tirait agréablement l'épée, malgré
les édits; on ruinait des duchesses et l'on
se ruinait pour des danseuses : c'est mon
histoire à moi. Taverney tout entier a passé
à l'Opéra; et c'est la seule chose que je
regrette, attendu qu'un homme ruiné n'est
pas un homme. Tel que vous me voyez,
je parais vieux, n'est-ce pas? Eh bien !
c'est parce que je suis ruiné et que je vis
dans une tannière; parce que ma perruque
est râpée et mon habit gothique; mais,
voyez mon ami le maréchal, qui a des
habits neufs et des perruques retapées, qui
habite Paris et qui a deux cent mille livres

de rentes. Eh bien ! il est jeune encore ; il est encore vert, dispos, aventureux ! Dix ans de plus que moi, mon cher monsieur, dix ans !

— Est-ce de M. de Richelieu que vous voulez parler?

— Sans doute.

— Du duc?

— Pardieu ! ce n'est pas du cardinal, je pense ; je ne remonte pas encore jusque–là. D'ailleurs, il n'a pas fait ce qu'a fait son neveu ; il n'a pas duré si longtemps.

—Je m'étonne, monsieur, qu'avec de si

puissants amis que ceux que vous paraissez avoir, vous quittiez la cour.

— Oh ! c'est une retraite momentanée, voilà tout, et j'y rentrerai quelque jour, dit le vieux baron en lançant sur sa fille un regard étrange.

Ce coup d'œil fut ramassé en route par Balsamo.

— Mais, au moins, dit-il, M. le maré-chal fait avancer votre fils?

— Mon fils, lui ! il l'a en horreur.

— Le fils de son ami?

— Et il a raison.

— Comment, c'est vous qui le dites?

— Pardieu, un philosophe ! — Il l'exècre.

— Et Philippe le lui rend bien du reste,
dit Andrée avec un calme parfait. — Des-
servez, Legay !

La jeune fille, arrachée à la vigilante
observation qui rivait son regard à la fenêtre, accourut.

—Ah ! dit le baron en soupirant, autrefois on restait à table jusqu'à deux heures
du matin. C'est qu'on avait de quoi souper !
c'est que, quand on ne mangeait plus, on
buvait encore ! Mais le moyen de boire de
la piquette quand on ne mange plus... Le-

gay, donnez un flacon de marasquin... si
toutefois il en reste.

— Faites, dit Andrée à Legay, qui semblait attendre les ordres de sa maîtresse
pour obéir à ceux du baron.

Le baron s'était renversé dans son fauteuil, et les yeux fermés, il poussait des
soupirs d'une mélancolie grotesque.

— Vous me parliez du maréchal de Richelieu, reprit Balsamo, qui paraissait
décidé à ne point laisser tomber la conversation.

— Oui, dit Taverney, je vous en par-
lais, c'est vrai.

Et il chantonna un air non moins mélancolique que ses soupirs.

— S'il exècre votre fils, et s'il a raison de l'exécrer parce qu'il est philosophe, continua Balsamo, il a dû vous garder son amitié, à vous, car vous ne l'êtes pas.

— Philosophe? non, Dieu merci!

— Ce ne sont pas les titres qui vous manquent, je présume? Vous avez servi le roi?

— Quinze ans. J'ai été aide de camp du maréchal; nous avons fait ensemble la campagne de Mahon, et notre amitié date... ma foi, attendez donc... du fameux siége de Philipsbourg, c'est-à-dire de 1742 ou 1743.

— Ah! fort bien, dit Balsamo; vous étiez au siége de Philipsbourg... Et moi aussi.

Le vieillard se redressa sur son fauteuil et regarda Balsamo en face, en ouvrant de grands yeux:

— Pardon, dit-il; mais quel âge avez-vous donc, mon cher hôte?

— Oh! je n'ai pas d'âge moi, dit Balsamo en tendant son verre, afin que le marasquin lui fût servi par la belle main d'Andrée.

Le comte interpréta la réponse de son
hôte à sa façon, et crut que Balsamo avait
quelque raison de ne pas avouer son âge.

— Monsieur, dit-il, permettez-moi de
vous dire que vous ne paraissez pas l'âge
d'un soldat de Philipsbourg. Il y a vingt-
huit ans de ce siége, et vous en avez tout
au plus trente, si je ne me trompe.

— Eh ! mon Dieu, qui n'a pas trente
ans ? dit le voyageur avec négligence.

— Moi, pardieu ! s'écria le comte, puisqu'il y a juste trente ans que je ne les ai
plus.

Andrée regardait l'étranger avec une

fixité qui indiquait l'irrésistible attrait
de la curiosité. En effet à chaque instant
cet homme étrange se révélait à elle sous
un nouveau jour.

— Enfin, monsieur, vous me confon-
dez, dit le baron, à moins toutefois que
vous ne vous trompiez, ce qui est probable,
et que vous ne preniez Philipsbourg pour
une autre ville. Je vous vois trente ans au
plus, n'est-ce pas, Andrée?

— En effet, répondit celle-ci, qui essaya encore de soutenir le regard puissant
de son hôte, et qui cette fois encore, ne
put y réussir.

— Non pas, non pas, dit ce dernier; je

sais ce que je dis, et je dis ce qui est. Je
parle du fameux siége de Philipsbourg,
où M. le duc de Richelieu a tué en duel
son cousin le prince de Lixen. C'était en
revenant de la tranchée que la chose eut
lieu, sur la grand'route, ma foi ; au revers
de cette route, du côté gauche, il lui logea
son épée au beau travers du corps. Je pas-
sais là comme le prince de Deux-Ponts le
tenait agonisant entre ses bras. Il était assis
sur le revers du fossé, tandis que M. de Richelieu essuyait tranquillement son épée.

— Monsieur, s'écria le baron, sur mon
honneur ! vous me bouleversez. Cela s'est
passé comme vous le dites.

— Vous avez entendu raconter la chose?
demanda tranquillement Balsamo.

— J'étais là, j'avais l'honneur d'assister
comme témoin M. le maréchal, qui n'é-
tait pas maréchal alors, mais cela n'y fait
rien.

— Attendez donc, fit Balsamo en regardant fixement le baron.

— Quoi?

— Ne portiez-vous pas, à cette époque,
l'uniforme de capitaine?

— Justement.

— Vous étiez au régiment des chevau-légers de la reine qui furent écharpés à Fontenoi?

— Y étiez-vous aussi, à Fontenoi? demanda le baron en essayant de goguenarder.

— Non, répondit tranquillement Balsamo, à Fontenoi j'étais mort.

Le baron ouvrit de grands yeux, Andrée tressaillit, Nicole fit le signe de la croix.

— Donc pour en revenir à ce que je vous disais, continua Balsamo, vous portiez l'uniforme des chevau-légers, je me le rappelle parfaitement à cette heure. Je

vous ai vu en passant, vous teniez votre
cheval et celui du maréchal, tandis que
celui-ci se battait. Je m'approchai de
vous et je vous demandai des détails, vous
me les donnâtes.

— Moi !

— Eh ! oui, pardieu ! vous. Je vous reconnais maintenant, vous portiez le titre
de chevalier alors. Et l'on ne vous appelait que le petit chevalier.

— Mordieu ! s'écria Taverney tout
émerveillé.

— Excusez-moi de ne pas vous avoir
remis d'abord. Mais trente ans changent

un homme. Au maréchal de Richelieu,
mon cher baron !

Et Balsamo, après avoir levé son verre,
le vida jusqu'à la dernière goutte.

— Vous, vous m'avez vu à cette époque ? répéta le baron. Impossible !

— Je vous ai vu, dit Basalmo.

— Sur la grand'route ?

— Sur la grand'route.

— Tenant les chevaux ?

— Tenant les chevaux.

— Au moment du duel ?

— Comme le prince rendait le dernier
soupir ! je vous l'ai dit.

— Mais vous avez donc cinquante ans?

— J'ai l'âge qu'il faut avoir pour vous
avoir vu.

Cette fois le baron se renversa sur son
fauteuil avec un mouvement si dépité que
Nicole ne put s'empêcher de rire.

Mais Andrée, au lieu de rire comme Nicole, se prit à rêver, les yeux fixés sur
ceux de Balsamo.

On eût dit que celui-ci attendait ce moment et l'avait prévu.

Se levant tout à coup, il lança deux ou

trois éclairs de sa prunelle enflammée à la jeune fille, qui tressaillit comme si elle eût été frappée d'une commotion électrique.

Ses bras se roidirent, son cou s'inclina, elle sourit comme malgré elle à l'étranger, puis ferma les yeux.

Celui-ci, toujours debout, lui toucha les bras : elle tressaillit encore.

— Et vous aussi, mademoiselle, dit-il, vous croyez que je suis un menteur, lorsque je prétends avoir assisté au siége de Philipsbourg ?

— Non, monsieur, je vous crois, articula Andrée en faisant un effort surhumain.

— Alors, c'est moi qui radote, dit le vieux baron. Ah pardon ! à moins toutefois que monsieur ne soit un revenant, une ombre !

Nicolle ouvrit de grands yeux effarés.

— Qui sait ? dit Balsamo, avec un accent si grave qu'il acheva de captiver la jeune fille.

— Voyons, sérieusement, monsieur le baron, reprit le vieillard, qui paraissait décidé à tirer la chose au clair. Est-ce que vous avez plus de trente ans ? En vérité, vous ne les paraissez pas.

— Monsieur, dit Balsamo, me croirez-vous, si je vous dis quelque chose de peu croyable ?

— Je ne vous en réponds pas, dit le baron en secouant la tête d'un air narquois, tandis qu'Andrée, au contraire, écoutait de toutes ses forces. Je suis fort incrédule, je vous en préviens, moi.

— Que vous sert-il, alors, de me faire une question dont vous n'écouterez pas la réponse ?

— Eh bien! si, je vous croirai. Là, êtes-vous content ?

— Alors, monsieur, je vous répéterai ce que je vous ai déjà dit; non-seulement

je vous ai vu, mais encore je vous ai connu
au siége de Philipsbourg.

— Alors, vous étiez enfant ?

— Sans doute.

— Vous aviez quatre ou cinq ans, au
plus ?

— Non pas ; j'en avais quarante et un.

— Ah ! ah ! ah ! s'écria le baron en riant
aux éclats, tandis que Nicolle lui faisait
écho.

— Je vous l'avais bien dit, monsieur,
dit gravement Balsamo ; vous ne me
croyez point.

— Mais comment croire sérieusement,
voyons!... donnez-moi une preuve.

— C'est bien clair, pourtant, reprit Balsamo, sans montrer aucun embarras. J'a-
vais quarante et un ans à cette époque,
c'est vrai ; mais je ne dis pas que je fusse
l'homme que je suis.

— Ah! ah! mais ceci devient du paga-
nisme, s'écria le baron. N'y a-t-il-pas eu
un philosophe grec, — ces misérables philosophes, il y en a eu de tout temps!—n'y a-
t-il pas eu un philosophe grec qui ne mangeait pas de fèves, parce qu'il prétendait
qu'elles avaient des âmes, comme mon fils
prétend que les nègres en ont, qui avait

inventé cela? C'est... comment diable
l'appelez-vous donc ?

— Pythagore, dit Andrée.

— Oui, Pythagore, les jésuites m'ont
appris cela autrefois. Le père Porée m'a
fait composer là-dessus des vers latins en
concurrence avec le petit Arouet. Je me
rappelle même qu'il trouva mes vers infi-
niment meilleurs que les siens. Pythagore, c'est cela.

—Eh bien ! qui vous dit que je n'aie
pas été Phythagore ? répliqua très-simple-
ment Balsamo.

— Je ne nie pas que vous ayez été Py-

thagore, dit le baron ; mais enfin Pythagore n'était point au siége de Philipsbourg.
Je ne l'y ai pas vu, du moins.

— Assurément, dit Balsamo, mais vous
y avez vu le vicomte Jean Des Barreaux,
lequel était aux mousquetaires noirs ?

— Oui, oui, je l'ai vu celui-là... et ce
n'était pas un philosophe, bien qu'il eût
horreur des fèves et qu'il n'en mangeât
que lorsqu'il ne pouvait faire autrement.

— Eh bien ! c'est cela. Vous rappelez-
vous que le lendemain du duel de M. de
Richelieu, Des Barreaux était de tranchée
avec vous ?

— Parfaitement.

— Car vous vous souvenez de cela, les mousquetaires noirs et les chevau-légers montaient ensemble tous les sept jours.

— C'est exact, — après ?

— Eh bien! après, — la mitraille tombait comme grêle ce soir-là. Des Barreaux était triste, — il s'approcha de vous et vous demanda une prise, que vous lui offrîtes dans une boîte d'or.

— Sur laquelle était le portrait d'une femme?

—Justement. Je la vois encore; blonde, n'est-ce pas?

— Mordieu ! c'est cela, dit le baron tout effaré. Ensuite?

— Ensuite, continua Balsamo, comme il savourait cette prise, un boulet le prit à la gorge, comme autrefois M. de Berwick, et lui emporta la tête.

— Hélas ! oui, dit le baron, ce pauvre Des Barreaux !

— Eh bien ! monsieur, vous voyez bien que je vous ai vu et connu à Philipsbourg, dit Balsamo, puisque j'étais Des Barreaux en personne.

Le comte se renversa en arrière dans un accès de frayeur ou plutôt de stupéfac-

tion, qui donna aussitôt l'avantage à l'é-
tranger.

— Mais c'est de la sorcellerie cela ! s'é-
cria-t-il ; il y a cent ans, vous eussiez été
brûlé, mon cher hôte. Eh ! mon Dieu ! il
me semble qu'on sent ici une odeur de
revenant, de pendu, de roussi.

— Monsieur le baron, dit en souriant
Balsamo, un vrai sorcier n'est jamais ni
pendu, ni brûlé, mettez-vous bien cela dans
l'esprit ; ce sont les sots qui ont affaire au
bûcher ou à la corde. Mais vous plaît-il que
nous en restions là pour ce soir, car voilà
mademoiselle de Taverney qui s'endort ? Il
paraît que les discussions métaphysiques

et les sciences occultes ne l'intéressent que médiocrement.

En effet, Andrée, subjuguée par une force inconnue, irrésistible, balançait mollement son front, comme une fleur dont le calice vient de recevoir une trop forte goutte de rosée.

Mais aux derniers mots du baron, elle fit un effort pour repousser cette invasion dominatrice d'un fluide qui l'accablait; elle secoua énergiquement la tête, se leva, et tout en trébuchant d'abord, puis soutenue par Nicolle, elle quitta la salle à manger.

En même temps qu'elle, disparut aussi

la face collée aux carreaux, et que, depuis longtemps déjà, Balsamo avait reconnue pour celle de Gilbert.

Un instant après on entendit Andrée attaquer vigoureusement les touches de son clavecin.

Balsamo l'avait suivie de l'œil tandis qu'elle traversait, chancelante, la salle à manger.

— Allons, dit-il, triomphant, lors-qu'elle eut disparu, je puis dire comme Archimède :

Eurêka (1).

(1) Je l'ai trouvé.

— Qu'est-ce qu'Archimède ? demanda
le baron.

— Un brave homme de savant que j'ai
connu, il y a deux mille cent cinquante
ans, dit Balsamo.

FIN DU TOME PREMIER.

TABLE DES MATIÈRES.

INTRODUCTION.